文春文庫

周公旦

酒見賢一

文藝春秋

周公旦

作者が周公旦《しゅうこうたん》に興味を持ったのは、べつに殷周革命の立て役者の一人であり、また中国史上屈指の聖人と名指され、同時に屈指の政治家であり、かの孔子が夢にその姿を見るほどに私淑していたという理由からではない。

周公旦は、わが甥ではあるが主君でもある成王《せいおう》に疑惑を持たれ、殺されかけた際にいち早く楚に逃れたという。興味を持ったとすればここである。何故、亡命先が楚なのか。何故、このことが疑問かと言えば、楚は周にとりほとんど敵対国であり、周の超ＶＩＰといえる周公旦が逃げ込むにはあまりにも危険な国であったからである。

周公旦は落ち延び先にもっとも安全といえる領国の魯《ろ》に逃げなかった。魯の力に不安があるなら、太公望呂尚《たいこうぼうりょしょう》に頭を下げて斉に匿《かくま》われることも出来たろう。召公《しょうこう》の燕《えん》でもよかった。足下である鄭《てい》も意外に安全だったかも知れない。西の秦地ならば程度の差こそあれ蛮であるが、姫《き》姓ゆかりの者もいたろうし、いくらでもつてがありそうである。

しかし周公旦は楚に逃げた。楚は巫祝《ふしゅく》の王国であり、強烈な南蛮である。周の建国をあまり快く思っていないし、後に周に従った姿もほとんど擬態である。たとえて言えば先進国の新興政権のナンバー2が政争を避けるべくわざと危険な発展途上の敵国に逃げ込んだようなものである。命知らずというしかない。周公旦はそんなことは十分承知の上で楚に入ったろう。「史記」等には周公旦が亡命先に楚を選んだ理由やそこで何をしていたかなど一切書かれていない。

もう一つ周公旦について重要なことは、かれが神官であり、一種の呪術者であったという点がある。祝詞を捧げ、武王《ぶおう》、成王の病気平癒の医療呪術を行い、あまつさえ代わりに死のうとさえした。周公旦は西岐の文王《ぶんおう》（西伯《せいはく》、姫昌《きしょう》）の四男で、武王姫発《はつ》の実弟であり、もとより筋目正しい貴人である。シャーマンが殺される王であったような太古の時代のことは知らないが、周公旦の頃には少なくとも貴人は既に巫祝のわざを手ずから実施することはなかった。神秘のことには専門家がいたにも関わらず、敢えて周公旦が呪術を行じていることに意味がある。そして周囲の者は周公旦がそのようなことをすることを不思議とも思わなかったらしい。

周が発布した重要な文章は「書経」等に見ることが出来るがそのほとんどは周公旦の起草によるという。この当時、文章を作り、記すことは畏るべき呪術行為と見なされている。ちなみに周公旦は父文王と同じく中国的秘教の精髄といえる「易経」の成立にも関わったという伝説もある。

また周公旦の最大の業績は礼の整理改編にある。礼（禮）とは何か。これを説くにも多言を要するが、作者が思うに、むろん多くの先達の仕事に触れてのことだが、礼は古代中国の宗教から社会規範、及び社会システムにまで及ぶ巨大な取り決めの大系である。後の儒教は仁義礼智忠信孝悌のように徳目の一つとして、礼を礼儀とかマナーの意に落ち着かせる。それも確かに礼の一部である。

孔子系の儒は仁を最高の徳とし、孝の実践を最高義とする。宋学は仁が徳の中心にあり、仁はすべてを含む概念であるとさえする。が、本来は義智忠信孝悌のほうが礼の中に含まれていたものであり、その逆ではない。仁は孔子が自らの理想の、曰く言い難い新しいなにかを表現しようとして採用した特別な言葉である。その概念はまたもともと礼の中にあったと言えなくもない。何故後世の学者がこんな簡単なことを逆にしてきたのか、浅学の作者には非常な疑問である。それを探るためには中国唯一の正統の学問と言ってもいい「経学」の歴史をきちんとたどり直す必要がある。

道徳倫理、各種の祭祀、先祖供養、歴史、人間の集団における序列の意味などはすべて礼の中にあった。礼は儒教、黄老、仙道、方術、民間宗教の母体である。史書には、周公旦は礼の改編を行った、と記すのみである。だが、礼が何かということにわずかでも思いを至らせれば、礼の改編は国家を成立させることにも匹敵する大事業であったことが分かる。

ことに周公旦は夏殷《かいん》の古礼《これい》を治国平天下の政治のためにより精密に体系付けようとしている。礼を政治的に利用すべき具とした。周公旦は当時その礼の整備が出来た希有の人間だったというしかなく、真に聖人ではなかったかとまで思わせるところがある。

孔子が文王でもなく武王でもなく、さらに遡れば堯《ぎょう》、舜《しゅん》でもなく、ましてや伊尹《いいん》や太公望呂尚でもなく、周公旦をより深く慕った理由はその辺りにあるような気がする。孔子も亡命放浪の果てに楚を目指すことになるが、周公旦の故事を知っていたに違いない。元に戻れば作者が周公旦に興味を持ったはじめは、楚に逃げたことを不思議に思ったからである。

一

文王没して後、武王即位して九年、太子発《はつ》すなわち武王は殷討伐の出陣を宣した。

そのさい武王が文王の木主《ぼくしゅ》を車上に奉って中軍に置き、この師が亡き文王の意思であると示したのはまだ自らの威に自信がなく、また討伐の成功に対する自信がなかったからである。この時期の武王にはまだ文王の威光が必要であった。

ひとつの測り、賭けであったかも知れぬ。殷の臣下たる西伯が、あるじである紂王《ちゅうおう》を討とうとする。如何なる理由があろうと逆である。それを四方の諸侯、諸部族が本当に容認するであろうか。むろん内々にかれらの意に通じ、約束のようなものを取りつけてはいる。しかし武王はなお不安であった。一人の反対者が出ることも恐れたのである。

その軍中、王弟周公旦は瞑想するかのように目を閉じて、車の揺れに身を任せていた。周公旦は西岐の対殷戦争を支えるべく、内政に力を尽くしてきた。内治の官たる自分はいざ戦さとなれば無用の者であって、すべての軍事工作は他の大人《たいじん》にお任せするという気持ちである。軍事的な武王の補佐には太公望呂尚《りょしょう》、召公奭《しょうこうせき》、畢公《ひっこう》と多士済済《たしせいせい》である。かれらに任せて間違いなかろう。

今日の戦車歩兵の長い列は周の総力をあげての行軍であった。これに各地の部族諸侯の加勢がくわわり軍勢は膨らんでいった。目指すは孟津《もうしん》（盟津）の地である。先だって太公望呂尚が武王の命のもと、各方面に、

「諸侯に告げる。爾《なんじ》らの民と爾《なんじ》らの舟、総じて来たれ。後れて至る者は斬る」

とつよく出兵強制の号令をかけていた。この強気が吉と出るか凶と出るか、武王はなお不安であった。

あるとき進軍が急に止まり、先頭付近からざわめきの声があがった。周公旦は目を開き、前方を見た。

二人の老爺が武王の車をさえぎり直訴に及んでいるようだった。護衛の兵士を振りき

り、武王の轡《くつわ》をおさえて諫言した。

「無礼をつかまつります。が言わせてもらわねばなりませぬ。太子は不義の戦さをなさろうとしている。お父上が亡くなられまだ埋葬もされておらぬのに戦争の沙汰など、これが孝と言えましょうか。また臣下の身でありながら君主を弑逆《しいぎゃく》しようとしておられる。これが仁と言えましょうか」

「何者ぞ」

二人の老人は伯夷《はくい》、叔斉《しゅくせい》と名乗った。二人は武王がもっとも気にしていたことを諫したのである。

周公旦は近くの車上でまだ様子を見ていた。伯夷、叔斉の名前は聞いていた。河北に孤竹《こちく》という小さな国がある。国主は孤竹君と称されている。前の孤竹君には三子があり、伯夷、叔斉は長男と末子である。孤竹では状況により長子相続か末子相続のいずれかをとることがしきたりだった。伯夷、叔斉の二人は国主となるはずの地位を敢えて譲り合い、投げ捨てて出奔してしまった。よって真ん中の子が孤竹君となった。伯夷、叔斉はその後しばらく放浪の途にあった。その奇特な行いと欲のなさ、また仁義をわきまえた人として百姓にも諸侯にも知られるようになった。

伯夷、叔斉も老い、故郷の孤竹もまず安穏である。腰を落ち着ける場所を探していた。そこが死に場所ともなる地である。伯夷、叔斉は文王西伯昌《せいはくしょう》の治める岐山の麓のくにが老人を善く養うと聞き、そこを頼ることにしたのであった。しかし訪れたとき既に文王は薨《みまか》っており、会見はかなわず、それどころか太子が殷に対して討伐の軍を起こそうとしているところであった。そして今、仁義の血がうずいてやまぬ伯夷、叔斉は死を覚悟して武王の面前に身を屈めているのである。

血気盛んな武王は痛いところを突かれてたちまちかっとなった。不安が転じて怒りに変わり、老人たちを斬り殺させようとした。周公旦は、

（兄上をお止めせねばならん）

と思い、急ぎ車から降りようとした。だが、その必要はなかった。

太公望呂尚がいち早く兵士をとどめ、武王に向かって、

『此れ義人《ぎじん》なり』

と云った。

「いま伯夷、叔斉を斬らばわが君は天下に声望を失いましょう」

と言う。呂尚は武王にとり稀なる老師であり、また神算鬼謀の軍師であった。その底知れぬ知識と智謀は政戦両略に通暁している。

「師尚父《ししようほ》がそう言うなら、従おう」

と素直に言った。太公望呂尚は尊んで師尚父と呼ばれている。

伯夷、叔斉は兵士により丁重に追い払われてしまった。周公旦はこの一場にてやや憮

然となった。

（ああ、そうなのか）

と思った。察したと言ってもいい。

（師尚父も天下を獲《え》んと望んでおられたのだな。少なくともその気がある）

前々から疑問であったことだったが、今、明確になった。呂尚は西伯昌の家臣となって以来、西岐の為に身命を投げ出すように尽くしてきた。その献身ぶりたるや異常なほどであり、そしてその功たるや計り知れない。

その、理由の計りかねる献身に何をもって酬《むく》いようか、武王も迷うだろう。ちまちました賞与などでは間に合わない。値する賞与があるとすれば見渡すかぎりの天と地と人であろう。呂尚が周にそれを望むに足る貢献をしていることは周公旦も承知している。

太公望呂尚もまた王たらんとのぞむ者であって何の不思議もない。呂尚は危うく殺されかけた義人伯夷、叔斉をその一声で救った。この事はすぐさま人の耳に入るであろう。布石であると勘繰《かんぐ》ってもいい。

周公旦は、さすがに呂尚が伯夷、叔斉に東進を遮るべくそれとなく話を持ちかけたとまでは思わなかった。だが呂尚ならそのくらいの謀は平然と為すであろうとも思う。

（わが観察が当っているのなら困ったことになる。師尚父がそのつもりであるのなら争わねばならぬことになる。困ったことだ）

よって憮然として内に嘆じるのであった。

しかしそんなことは杞憂であるとも思っている。兄の武王がいるからである。武王は文王には及ばぬものの強烈なカリスマであった。器量も度量も文王に匹敵する。足りないのは経験と実績だけである。武王が自らを確立させれば呂尚であろうとそう簡単には覆せまい。周公旦はそう高を括《くく》った。

自分が呂尚の前に壁となって敵対する時など来ないだろうと思った。何しろ呂尚は文王に見い出された時、既に七十二歳であった。八十を越えた今、戦場を往来すること自体が奇跡的な年齢なのである。呂尚の肉体が如何に頑健であろうと、不死でもないかぎり、自然に命が解決するであろう。呂尚が武王より長く生きることなどまず有り得ない。呂尚が前進する機会があるとすれば、それは武王が不在となったときだけであろう。だが豈《あに》はからんや武王は殷討滅、周建国の大事業を終えるとそそくさと没してしまうのである。周公旦はこの行軍中にふと妄想したことが現実になりかかるとはこの時はまさか思っていなかった。目の前にはまだ殷という倒すべき大敵が立ちふさがっているのである。先のことに思い煩うときではないのである。

伯夷、叔斉は天下が周に帰したその後、周の粟を得ることを忌み嫌い、かたくなに拒んで首陽山《しゅようざん》に隠棲してしまう。そして、

「やんぬるかな天命のおとろえたる」

と嘆いて餓死した。

後に孔子は「論語」において伯夷、叔斉に言及すること数度に及ぶが、その評価は非常に高い。

弟子の子貢《しこう》が、

「伯夷、叔斉とは何者でしょうか」

と問うと孔子は、

「古《いにしえ》の賢者である」

と答えた。

「かれらは世を恨むことがあったでしょうか」

とさらに問うと、

「仁を求めて、仁を得たり。どうして恨むことなどあろう」

と答えている。仁を得た者とは最高の君子であり、それは聖人であるかも知れぬ。孔子は伯夷、叔斉をそうした者と考えていた。

また、

『伯夷、叔斉は旧悪を念《おも》わず。怨みここをもって稀なり』

と伯夷、叔斉が怨恨などとは無縁の者だったことを云う。また、

『伯夷、叔斉は首陽の下に餓う。民、今に到るまでこれを称す』
という。伯夷、叔斉の伝説は孔子のときも諸侯から民に至るまで知られ、賞賛されていたようだ。

しかし何故か孔子は伯夷、叔斉の死の原因である周の不義については一言も言及することがない。周体制を最高のものと理想する孔子には、義人を餓死に到らしめた革命戦争、もしくは文武の治を否定するわけにはいかなかった。ジレンマというものである。

後の歴史家司馬遷もこのあたり疑問に思ったのであろう。また前漢の大王たる武帝のもとにいる自分の身の上のことも重ね合わせたのか、伯夷、叔斉の伝説を「史記」列伝の最初に置いた。そして天の仕打ちに不信の意を表明する言葉をつらね、

『天道《てんどう》、是か非か』

と問うのである。司馬遷は伯夷、叔斉には怨みがあったと生々しく思ったのであった。

司馬遷は周の建国のあたりから、神話伝説の霧の中から事実が姿を現す、今日的な言い方をすれば、科学的な歴史として検証し得る記述をすることが出来るようになったとも考えていたように思われる。そこで「列伝」の冒頭に伯夷列伝を置いた。司馬遷により歴史の始めからすでに、

『天道、是か非か』

「天のすることは(或は神と言い換えてもいい)常に正しいのか、正しくないのか」

という問題は人間に突きつけられていた。

それは孔子が最も尊崇した周公旦にも、文王、武王にも、また太公望呂尚にも同様に突きつけられていたものでもある。

「伯夷、叔斉か。こんな時に、まずい御仁よ。けちがついたかな」

と召公奭が呟いた。呂尚は、

「いや、あれでよい」

と言った。

「そうよな。今回は戦うわけではない。老人たちの言う不義は行わぬのだからな」

と頷いた。周公旦は無言である。そう、今回の進軍は凄まじい勢いであるが、戦う予定は無いのである。主な幹部はそれを知らされていた。

蓋《けだ》し周公旦はこたびの進軍には反対であった。太公望呂尚の献策は、

「この軍はまだ殷を直接攻撃するにあらず。示威行動であり、またどの諸侯、どの勢力が敵ないし味方であるかを測るためにおこなうもの」

ということであった。武王はその慎重深慮に半ば賛成し、半ば反対であった。もう十分に商王朝と紂王を打倒出来るのではないかと思う。しかし他の勢力が周に完全に靡《なび》いているかどうかに一抹の不安はある。衰えたりといえども殷の総兵力は周の十数倍はあると思われる。殷に味方する勢力に腹背を襲われれば一戦にて西岐連合軍は壊滅の危機

に瀕することになる。

結局、武王は呂尚の策を容《い》れた。文王の在世中から没後、ここに到るまでのほとんどの軍事行動に参謀し、また指揮をとり、そのことごとくに勝ってきた呂尚の怪物的な策略は的を射て外すことがなかったからである。

一方、周公旦は呂尚の策の意義をよく理解したがやはり反対であった。一戦もせずに帰ってくると決まっている出陣があまりにも無駄だと感じるからである。出征中は周の生産力はがた落ちになるどころか、戦費により経済的には大いにマイナスとなる。しかも何もせずに戻るのである。浪費としか言いようがない。次に出軍するまでにまた多くを蓄え直さねばならなくなる。周公旦は輔《ほ》の職にあり、内治内政を任されている身であったから、他人よりそう強く感じるのである。

また父文王の木主をかかげて人心を測るなどということも礼に外れ、孝とは言えない。孝行でなければすべきではないのだ。正義の師に必要なものとは思われない。そう意見を述べると、太公望呂尚は、

「熟柿が自然に落ちるが如く、と叔旦《しゅくたん》(周公旦のこと)はお思いなのかも知れぬが、そうではない。確かに殷は熟柿にちかく、いずれ地に落ちよう。だがそれがいつになるかは分からぬこと。われらに勢いのある今のことを考えればわれらで木を揺すり、棒にて突くことが肝腎なのだ。それに、どこかの猿に横あいから熟柿を引ったくられぬともか

ぎらぬのですぞ」

と言った。

殷から数次にわたり派遣された西岐討伐軍はすべて呂尚が破り、防ぎきっている。懲りた殷はしばらくは西岐に兵を向けることはないであろう。向こうが引いたのなら、こちらは押し出す。それが道理であると説くのである。

「よってわれわれが動かなければなりませぬ」

それが木を揺することである。一、二回揺すっても柿は落ちてこないかも知れないが、その行為は決して無駄なことではない。周公旦は目先の出費に気を取られて、大局を見ていないと諭されてしまった。

武王や召公奭は既に呂尚の案に賛成している。そして周公旦は軍事のことには自分は到底呂尚に及ばないことも分かっている。

「ならば、いたしましょう」

と周公旦は言うしかなかった。そして後は何も言わず従った。いくらか憂鬱な表情を人に見せてしまったかもしれない。

後に楚の人屈原《くつげん》は「天問《てんもん》」にかく歌っている。

「天問」は史上の事物を捕まえて問い詰めるようなきつい文句が連発する詩群である。

到《いた》りて紂《ちゅう》の躬《み》を撃つ
叔旦《しゅくたん》、嘉《よ》しとせず
何《なん》ぞ親《みずか》ら揆《はか》りて發足《ほっそく》せるに
周《しゅう》の命《めい》以《もっ》て咨《し》嗟《さ》する

〈武王が到りて紂王を撃ちし、周公旦は良きこととおもわず〉

前の二行はこう解釈出来る。
その次の二行が難解で、注釈家により様々に解釈されてきた。そのうちの一人、大碩《せき》学《がく》の朱子は結局よく分からないと慎重に述べている。

〈(嘉しとしなかったのに)どうして周公旦は自分で武王と計画して事をなし、周国の天命を定めてそれを賛美するようなことをしたのか〉

と、いちおうしておく。
要するに、

「周公旦は殷を滅ぼすにあたりその計画責任者の一人であったくせに、武王が紂王を倒したとき、良くないことであると思っていた。それならば何故、戦さを仕掛けるようなことをしたのか。最初からしなければよいではないか。良くないことをしたと反省したかもしれないが、結局、周公旦も周の礎が磐石になったことをことほぐのみである。どういうことだろうか」

ということである。

屈原はその詩人の直観的能力をもって殷討伐の際の周公旦の内心に疑問を抱いた。矛盾がある、と見た。ただし屈原は最大の計画責任者が太公望呂尚であったことを見落としたか、あるいは故意に無視して周公旦を責めている。あくまで紂王の死の責任者は武王と周公旦であるとの立場から歌っている。

屈原の指摘する通り、対殷戦争のさいの周公旦の態度は終始その通りであった。すなわち、

「嘉しとせず」

であった。

武王の軍勢が孟津に到ったとき、つき従う諸侯は八百名を数えたという。ほとんどは諸侯というより、西方から中原にかけての部族の長たちであった。殷の迫害を受けた部

族もあれば、いち早く周の旗の下につき職を得ようとする部族もいた。ともあれ近辺の中小勢力の大方が参集していた。かれらが争って集まったところを見て、武王は大いに安心したであろう。

孟津はその名のとおり津（みなと）であり黄河に面した地である。渡れば殷の内懐に入ることになる。

「紂、殺すべし」

朝歌（殷の首都）の者どもに西岐連合軍のどよめく声が聞こえたであろう。

このとき瑞祥が続発したとされる。

黄河の中流にいたると白魚が武王の舟に跳び込んできた。白い魚は殷を表す。それが武王のもとに自ら来て、俎の上に乗ったのである。殷はもう武王の料理を待つ捧げ物にすぎないと占われた。吉である。

また河を渡ってから武王が陣所にいると下流に火が見え、それは上流にまであがり、またくだってきて武王の前で赤い烏となって安定した声で鳴いた。烏は孝鳥とされ、赤は周を象徴する色であり、その赤い烏が安んじて鳴いたのなら、武王がよく亡き父に孝養を尽くせており、その事業を継いで周は繁栄するであろうと占われた。吉である。

そう占ったのは周公旦であるが、嘉しとしない表情であったことは言うまでもない。これらの奇瑞はあざとい仕掛けであったからである。が吉兆の事が軍中に伝えられると、

「事は成ったも同然」

と一同は湧きに湧いた。これからの一戦、勝つこと間違い無し、と信じさせる。だがかれらにとり意外なことには武王は反転して帰ると言い出した。

「まだ天命は殷にある。今は討つこと可ならず」

そして武王の周軍は陣所を払い、さっさと引き上げを開始した。部族諸侯の連合軍も従って帰らざるを得ない。

今回の征旅が最初から戦わずして帰るものと知らされていなかった者たちは不審であったろう。

（太子は殷人に情けをかけておられるのか。過ちを改めるを待ってやろうということなのだろうか）

（いやそうではなく太子は慎重なのだ。朽木といえども素直に斧が食い込むとは限らぬ。太子と太公望にはわれらと違い深謀遠慮がありなさる）

理由を知らぬ者たちは憶測しながら帰途についた。

かくして呂尚と武王は十分に目的を果たした。だが周公旦は、なかなか嘉しとする気にならなかったのである。

二

周公旦は姓は姫《き》、名を旦《たん》という。叔旦《しゅくたん》と呼ばれ、のちには役職として太師《たいし》と呼ばれ、称号として周公と呼ばれる。文王の第四子にあたる。

文王は姓は姫、名は昌《しょう》、殷の体制下で西方を領していたから西伯と呼ばれ、後に諡《おくりな》して文王という。文王は西岐の中流国家の周を一代にて盛り立て、その勢いは殷を凌がんばかりとなった。時にあたり、殷・商王朝の退廃も相俟《あいま》って周の文王は天命をくだされたとされるにいたる。

文王の長子は伯邑考《はくゆうこう》という。姓は当然姫であるが、名は伝わらない。文王が紂王に疑われ羑里《ゆうり》に幽閉される事態があったとき、釈放工作をした伯邑考は殺された。その上その肉は文王の食膳にあげられたという。文王は何もかも承知しており、敢えてうまそうにわが長男の肉を食べたという。伝説ではあるまい。

ただし文王が怒りと涙を堪えて伯邑考を食したかというとそれは疑問である。古代中国には食人の風があり、殷ではそれは欠かせぬ礼の一種であった可能性がある。食人の風習はへたをすると春秋戦国の時代にも存続していた証拠もある。古代人にとりカニバリズムは時として神聖な儀式であった。食われた者は食べた者の中に生き続けるという思想はひろく見られる。後に周公旦が礼から食人の儀を削除して、死者の生命を受け入れる儀礼を別の形に易《か》えたかとも考えられる。

非業の死を遂げた伯邑考の次の男子が武王である。姓は姫、名を発《はつ》という。太子と名乗り、そう呼ばれ、周王朝の事実上初代の王となった。後に諡して武王と呼ばれる。

文王の三男は名を鮮《せん》といい、後に管に封じられたので管叔《かんしゅく》と呼ばれる。周公旦が気にいらず、乱を起こすことになる。

そして文王の四男が周公旦である。後に魯《ろ》に封じられたが、都に留まることを余儀なくされた。魯地には代わりに息子の伯禽《はくきん》を送った。周公旦は終生魯の地を踏むことはなかったが、その遺徳がたたえられ魯には特例として天子の礼楽が許された。

文王の五男は名を度《ど》といい、蔡に封じられたので蔡叔《さいしゅく》と呼ばれる。管叔とともに造反する。

「書経」にはつづいて、男子は振鐸《しんたく》、武《ぶ》、處《しょ》、封《ほう》、丹季載《たんきさい》が、記録されているが、それぞれその処を得て封じられ、また職を任された。兄弟十人のうちただ発と旦のみが賢明で、よく文王を佐《たす》けたという。文王には女子もいたはずだが、かの女らのことは詳《つまびら》かではない。

これらのことはとりあえずよい。

周王朝成立後に、周王家の血筋に直接繋がらない大物たちをどう遇するかが大問題である。その最大の者が太公望呂尚である。続いて召公奭、畢公がいる。呂尚は営丘《えいきゆう》に封じられ、召公奭は北燕《ほくえん》に封じられた。ちなみに畢公については記述が曖昧である。文王には十五人の男子がおり、畢公は第十五子と記す書がある。それならば公子であるはずだが、「書経」に記された十男のうちに入っていない。畢の地に封じられた故、畢公と称するとも書かれている。畢は文王の墳墓がある地である。何か事情のある人物だったのかもしれない。

さらに武王は方針として、おそらく周公旦の献言によるものだが、古の聖王の子孫にも土地を与えることにした。神農の子孫、黄帝の子孫、帝堯の子孫、帝舜の子孫、禹《う》王の子孫等、神話伝説上の人物の子孫というあやしげな所はあるが、椀飯振舞をしている。

武王は戦後処理において商王家の一族郎党を皆殺しにするようなことはしなかった。殷はもともと商と呼ばれる国であったが、朝歌に遷都したのち、殷と号したものである。憎むべき紂王の息子である武庚禄父《ぶこうろくほ》をも恕《ゆる》して領地を与えた。商王家はかの聖人湯王《とうおう》の血筋を引く者であり、その血統を絶えさせてはならぬとしたのである。この処置は後に周公旦を悩ませることになる。

さて周の武王は第一次の殷討伐を急遽取り止めて帰国したのであったが、第二次討伐の陣触れを出したのはその二年後である。

第一次討伐で軍を退いたのは前述の通り、太公望呂尚の深謀によるものであったが、理由はまだあった。

西岐の周自体が動員出来る兵力は戦車三千乗、虎賁《こほん》(勇猛な士官)三千人、甲兵(武装兵士)が三万から四万に過ぎぬ。これに呼応した諸侯の兵が加わる勘定である。比べて殷が動かせる兵数は百万とも、それ以上とも言われていた。百万とはある程度水増しした数と思われるが、それにしても殷は周と諸侯の連合軍の何倍もの兵力を保有している。

太公望呂尚は文王に臣従したのち、西岐周を脅かしていた西方の勢力を征伐平定し、基盤を固めて大いに国威を宣揚させせしめた。後方の憂いを除いた上で、対殷工作を開始する。対殷戦争においては数度にわたり殷の討伐軍を迎え撃ち、その鬼謀により壊滅させ、あるいは懐柔して連勝してきた。

軍事に不備の多かった周にとり、神憑《かみが》かり的な戦勝の数々をもたらした太公望の名はほとんど軍神の称のごとくなった。周公旦とてその恐るべき手腕には素直に感服して、兵員や糧秣《りょうまつ》など、呂尚の要求することはなるべくその意に沿うようにはかってきた。

ただし呂尚自身は連勝に満足していたわけではなかった。これまでの西方における戦闘は、言わばホームグラウンドでの戦いであり、勝てて当然の守備戦闘であった。大勝する必要はなく、負けさえせねばよかった。結果として勝ち続け、殷の柱石であった太聞仲《もんちゅう》を撃破したことにより、殷に討伐軍を控えさせることに成功した。

だが殷にとどめを刺すには敵地に出かけて攻めねばならない。第一次進軍の際、殷が催す大兵団に必勝する自信は呂尚にもない。日の出の周の勢いと落日の殷の衰えを差し引きしても五分五分であった。これでは決戦は非とするしかない。

紂王は妲己《だっき》ごとき女に溺れ惑わされた軟弱の人であると思われがちだが、決してそうではないのである。呂尚は朝歌にいた頃、紂王に見《まみ》えたことがある。紂王は才力人に優るところ多々あり、殷が持った王の中でも屈指の実力者であると見えた。宮廷での痴態や度を越した悪ふざけ、残虐な所業も多かったが、先祖鬼神の祭祀にはひどく熱心である。紂王はその高い能力を誇るがゆえに人を軽んじることが多く、殷の遺産をすり減らしてしまう結果となった。呂尚は、紂王が落ち着き、目を覚まして本気になった場合、周に勝ち目がないのではないかとも思った。

さらに家臣に人材が払底しているかというとこれも違う。蜚廉《ひれん》、悪来《あくらい》のような家臣は、たんなる小人佞人《ねいじん》と思われているが、実は大したくせものであり、そんな男たちが紂王に忠誠を誓っている。

呂尚は軍師らしく諜報を怠らず、内々に工作し、大局を見て勝機を待っていたのである。それがこの二年間なのであった。

この間、紂王は聖人との評判のあった比干《ひかん》（紂のおじ）を殺し、

「聖人の心臓には七竅《きょう》ありと聞くが、調べて見てやろう」

と解剖してしまった。またこれも賢者の箕子《きし》（紂のおじ）を押し込めてしまうが、箕子は気違いのふりをして虎口を逃れた。いずれも執拗な諫言が紂王の気に触ったという理由であると伝えられる。それ以前にもう一人の憂国の賢者であった微子《びし》（紂の異母兄）は比干と箕子に勧められて亡命している。「論語」に云う、

『微子はこれ（殷）を去り、箕子はこれが奴と為り、比干は諫めて死す。孔子曰く、「殷に三仁あり」と』

という事態である。

また屈原が「天問」に問う。

彼《か》の王紂《おうちゅう》の躬《み》を
孰《たれ》か亂惑《らんわく》せしむる
何《なん》ぞ輔弼《ほひつ》を惡《にく》み
讒諂《ざんてん》を是《こ》れ服《もち》いるや

〈紂王の身をだれがまどわしたのだろうか

どうして補佐する大臣を憎み、讒言して諂《へつら》う者を用いたのか〉

比干《ひかん》は何《なん》ぞ逆《さか》らいて
これを抑沈《よくちん》せる

雷開《らいかい》は何《なん》ぞ順《したが》いて
これを賜封《しほう》せる

〈比干はどうして紂王に逆らい、紂王は比干を抑えて沈めたのか
雷開（紂王の佞臣）はどうして紂王に迎合して、金玉領土を賜ったのか〉

何《なん》ぞ聖人《せいじん》の徳《とく》を一《いっ》にして
卒《つい》に其《そ》れ方《ほう》を異《い》にせる

梅伯《ばいはく》は醢《かい》を受け
箕子は詳《いつわ》り狂《きょう》せり

〈どうして聖人はその徳同じく優れているのに、最後には死に方を異にするのか
梅伯（紂王のときの諸侯）は諫言して塩漬にされてしまい、箕子は狂人といつわり逃げ出さねばならなかった〉

殷の屋台骨がぐらついているのは明らかだったが、まだ呂尚は動かなかった。そのうちに殷の要人が何人も周に亡命してきた。

蔵《ぞう》を遷《うつ》して岐《き》に就《つ》く
何《なん》ぞ能《よ》く依《よ》れる
殷《いん》に惑婦《わくふ》有《あ》り
何《なん》の譏《そし》る所《ところ》ぞ

〈殷の臣は財宝を遷して西岐についたが、どうして人民はよく従ったのか
殷に君主を惑わす女、妲己がいたが、どんな譏られるような点があったのか〉

殷太師であった疵《し》や、少師であった彊《きょう》らは祭祀用の楽器をもって西岐に亡命してきた。

殷の内情が如何にひどいかを聞かされた。民は飢え渇き、奴隷以下の状態で怨嗟《えんさ》の声が日増しに上がっているという。それでも呂尚はまだ待った。武王がしびれを切らして呂尚に、

「師尚父よ、出陣の期ではないか」

問うても、

「いま少し」

と答えるばかりであった。

この時期周公旦は軍事に触れることを忌むかのように口出しすることがなかった。幾つかの文章を起草し、手直し校正しつつ、過ごしている。その中には武王の名において宣告されることになる「太誓《たいせい》」の文章もあった。今、「書経」に伝わる「泰誓（太誓に同じ）」は偽作であるとされ、別のものであるが、似たような声明文は存在したろう。

実のところ周は殷に比べればまだまだ文化が劣っていた。つまり野蛮であった。文章を操れるような人間は一握りしかいない。周に随身を誓っている部族諸侯に至っては、その族長でさえ文字を、占卜《せんぼく》に使用する図形か、トーテムの記号や呪術的シンボルであるとしか認識していない。その点は周の人とて五十歩百歩であった。

文王は殷の宮廷に伺候する身であったから文字を読み書きし、よく使うことが出来たが武王はそのことが苦手であった。周公旦は父文王に直接手習いし、その後研鑽し、周

人の中では最もよく文字文章を使うことが出来るようになっていた。自然に武王に代作を頼まれることになった。

また周公旦は続けて「牧誓」「武成」その他の策書祝文も起草していた。武王が牧野《ぼくや》の決戦を前にして告げる為の文章であり、戦後に祝する文章である。事前の作文は、当然だが、現場で即興に作っていては間に合わないから、というような単純な代物ではない。

「太誓」は宣戦布告の文章であるから先に作れるのだが、「牧誓」以後のものはそういうわけにもいかない。将来を見て書くものゆえ一種の予言性を帯びる。一方では予祝の呪術文であったとも思われる。つまり、

「かくなれ、かく告げる時と場所が必ずいたれ」

と祈禱《きとう》する行為が著述行為と直結しているのである。

言霊《ことだま》や文字を使用する呪術である。そして周公旦はその策書を外すことがほとんどなかったのである。周公旦が多くの人に恐れられ敬われ重きを置かれたのは、一つには文章を始めとする呪術能力の故であった。

太公望呂尚がついに動いた。

「今が期です」

と武王に言上した。以前とうって変わって何かに追われるような性急ぶりであった。

武王はただちに出陣の触れを出し、部族諸侯に使者を出した。

出軍の前に占卜するのは礼であり、必ず行われてきたことである。その時、凶の卦が出て、武王の表情は険しくなった。が、呂尚は怒りを発してその場に立入り、占卜の官を突き倒すや、蓍《めどぎ》をへし折り、亀甲を踏みつけにした。

「骨や枯れ草に何が分かるものか」

と怒鳴り、また、

「祭るゆえ凶なのだ。今戦えば必ず勝つのである」

と叫んだ。八十を過ぎた老人のすることではなかった。大人げなさもさることながら、皆は呂尚がこれほどの乱暴をするのを見るのははじめてであった。

この呂尚の大荒れの理由は至極簡単であった。呂尚が得た情報によれば、殷の本軍は東の方「人方」という地域に蟠踞《ばんきょ》している部族の討伐に出動したというのである。さらにくせものの蜚廉《ひれん》はその征旅に関して調整のため北方に使いして留守である。ここしばらく周が静かだったので紂王は油断したのか、今、朝歌には十分な備えがない。

呂尚はこの千載一遇のチャンスを逃すわけにはいかなかった。たとえ天神、地神を踏みつけにしてでも行かねばならない。

かくて凶の占断を踏みにじって周軍は出陣したのであった。今回もまた文王の木主が

中軍にあり、これが武王一人の事業ではないことを示していた。文王崩じて数年を経ても、

「あくまで文王の事業を引き継いでいる」

と明らかにせねばならなかったのは、天命がくだったのは武王ではなく、文王という建前があったからである。この時点でもまだ武王の威では諸侯諸部族を掌握出来ていなかったことがうかがわれる。「天問」には、殷周革命時をうたったものがことのほか多い。

伯《はく》昌《しょう》衰《すい》に號《ごう》して
鞭《むち》を秉《と》りて牧《ぼく》と作《な》る
何《なん》ぞ彼《か》の岐《き》の社《しゃ》を徹《おさ》めしめて
命《めい》もて殷《いん》の國《くに》を有《たも》てる

〈文王は殷の衰弱に乗じて号令し、鞭をとって民を牧する者となったがどうして岐山の社を祭らせて、天命をもって殷の国土を領有するにいたったのか〉

受《しょう》、茲《こ》の醢《かい》を賜《たま》い
西伯《せいはく》、上《うえ》に告《つ》ぐ
何《なん》ぞ親《みずか》ら上帝《じょうてい》の罰《ばつ》に就《つ》き
殷《いん》の命《めい》以《もっ》て救《すく》われざる

〈受（紂王の名）は梅伯の塩漬を皆に賜い、文王はこのことを天に告訴したどうして紂王は自ら天の罰を受けるようなことをして、殷の運命を命をもって救わなかったのだろうか〉


易姓の天命の発端はあくまで文王であったと伝えられていたらしい。屈原の目には、殷周革命は謎の多い、いかがわしいものと映ったのだろう。

第二次征伐は前回に比べせわしいものとなった。周と西岐連合の兵団は疾走するように往かねばならなかった。

これについてはまた屈原が「天問」にて詰問している。

武發殷《ぶはついん》を殺せしは
何《なん》の悒《うれ》うる所《ところ》ぞ

尸《し》を載《の》せて集戰《しゅうせん》せしは
何の急ぐ所ぞ

〈武王が慌てて殷の紂王を殺したのは、何の心配があったのか
父文王の位牌を乗せてまで会戦したのは、どうしてそんなに急いだのか〉

屈原に答えるなら、文王の木主を乗せて行ったのは、まだ武王一人の名では心配だったからである。急ぐ必要があったのは、今、朝歌周辺が手薄だったからである。

確かにこの戦さは早かった。武王即位して十一年十二月戊午の日、周と部族諸侯の連合軍は孟津を急ぎ渡っていた。

武王は「太誓」を集まった者どもに告げた。

「今や殷王紂は寵愛せし婦人の言を用い、自ら天命を断った」

とはじまり、殷の罪悪をつらね、討伐する理由を明らかにしたのである。周公旦起草のこの文章には、一同から主殺しという後ろ暗さを取り除く心理的魔術的効果がある。

言語の異なる部族には意味は理解出来ないかもしれない。だが意味を補って余りある力のある音が組み合わせてある。それは韻であり、呪である。音はだれの耳にも通ってゆく。

「はげめよ勇士、このような機会はもう二度も三度もないのだから」

と武王は結んだ。各部族諸侯はばらばらに鬨《とき》の声を上げる。

呂尚も「太誓」を聞いていた。その文章の力は武王の人格的迫力と相乗して、胸に迫ってくる。あの澄まし顔のおとなしい君子、周公旦がこのような文章を書くとは、といささか驚いている。

(兵が猛るのはよい。だがそれだけではならぬ。正義の軍らしき威容が欲しいが)

呂尚は、言葉も共通しない連合軍のまとまりのなさに一抹の危惧を抱いていた。

年を越して二月甲子の日、周軍は朝歌の南郊、牧野に進駐し、朝歌の城邑を遠望せる位置に陣を構えた。武王はすっくと立ち左手に黄鉞《こうえつ》(金で飾られた鉞)を持ち、右手に白旄《はくぼう》(牛の白尾をあつらえた指揮棒)を持ちて、つわものどもを招いて言った。

「遠きかな、西土の人よ」

そして「牧誓」を告げた。

「親愛なる諸侯らよ、司徒、司馬、司空、上大夫、大夫、千人の兵士長、百人の兵士の長、および庸《よう》の部族の人よ、蜀《しょく》の部族の人よ、羌《きょう》の部族の人よ、髳《ぼう》の部族の人よ、微《び》の部族の人よ、纑《ろ》の部族の人よ、彭《ほう》の部族の人よ、濮《ぼく》の部族の人よ」

と諸侯の体裁を保っている者たちから、半裸に近い蛮族に至るまでその名を呼んだ。

「爾《なんじ》が戈《ほこ》をさしあげ、爾《なんじ》が干《たて》をならべ、爾《なんじ》が矛《ほこ》を立てよ。予は誓うであろう。古人曰く、牝鶏《ひんけい》は晨《ときつく》る無《な》し、と。女が権を取る家は滅びる。今殷王紂は婦人妲己《だつき》の言をもちい、自らその先祖の祭祀を棄てて問わざる」

周公旦起草のこの文章は、つわものどもに勇気を与え、勇猛果敢ならしめる威力を発揮するようにつくられている。

まず一番の悪は婦人に溺れその言を用いたことであるとする。「太誓」もそうだが周公旦は殷の退廃は妲己だけが悪いのではないと思ってはいたが、文章を構成する上でその音が欠かせぬので用いた。

「だが功にはやらず、六歩七歩進めば、足を止めてととのえよ。勇士よ隊伍《たいご》をととのえよ。隊伍をととのえよ」

と、勇猛さのみに走ることなく、節度を保てと注意することも忘れない。

「ねがわくは猛々しきこと虎のごとく、羆《ひ》のごとく、豺《さい》のごとく、離《ち》のごとく、牧野においで戦え」

各部族の胸に野獣の獰猛さを持つ戦闘力が呼び覚まされて宿った。

「つとめよや勇士。爾《なんじ》らもしはげまざれば爾《なんじ》らの身に戮《りく》あらん」

誓とは、神に誓うことである。神に誓った以上、違背は絶対に許されない。指揮官たちも兵士たちも、何か絶対の戦さの約束が科せられた、とずしりと思った。そして戦意はみるみるうちに爆発的に高まろうとする。しかも心の一部は冷静なのである。「牧誓」はこれから生命を懸けて戦闘する兵士の意識に理想的な状態を作り出した。この軍は正義のために行われる。復讐に燃えるとか、手柄を競うとか、利欲にかられるとか、そういった不純物が消え去った、烏合の衆ではない軍団があらわれていた。呂尚が欲した正義の軍らしき威容が実現していた。「牧誓」は一言にして言えば戦争呪術の範疇のものである。それは軍礼のうちにある。

（これもまた叔旦が起こした文章の力か）

太公望呂尚が周公旦の力を意識したのはこの時であった。「太誓」といい「牧誓」といいほぼ完璧であった。祈禱の文として人を易《か》えて動かす力がある。

しかもこれらの文章は半年ほど前に書かれたものなのである。呂尚はこれまでは上品な貴族の子弟、かなり有能な治政者としか、周公旦を見ていなかった。呂尚は軍務に忙しく、周公旦と膝を交えて話すことがほとんどなかった。会うときは常に余人がいて、周公旦の骨相をまじまじと眺めることなどなかった。

が、今、呂尚は周公旦の隠された爪を見たのである。

（礼か）

周公旦は礼を知っている。知っているだけでなくその力を振るう恐るべき才能を秘めている。そういう人間が現実に存在し、ひとたび立ち塞がればひどく厄介であることは、人生のほとんどを放浪と学びに費やし、よく世界を知り、人間に通じ切った徒である呂尚にはよく分かっていた。いくらか恐れる気持ちが湧いた。こんなことは西岐に来て初めてのことである。呂尚にはもう恐いものなど一つもないはずであった。あるとすれば志半ばの死だけである。

呂尚にはそれから先を思っている暇はなかった。商王朝に幕をおろすべくひと働きをせねばならぬ時なのである。会戦の基本的な作戦立案、陣形、兵の進退などはすべて呂尚に一任されていた。兵陣を整えるうちに、迎撃せんとする殷の軍団が牧野を雲霞《うんか》のごとくに埋めつつあった。

紂王が牧野の決戦に用意した兵力は七十万であったという。いくらか誇張があろう。だが大兵であることは確かである。東方に本隊を放った上でも、滅びを目の前にしていても、かくも大軍を催すことが出来る。やはり殷はなお偉大な国であったのだ。

武王は敢えて悠然とした表情で眼前の敵にのぞんだ。天下分け目の決戦、勝負所である。そう考えただけでこれから起きるはずの激戦に酔う心地さえする。

ただし呂尚の勝負所は武王や部族諸侯連合軍のそれとはかなり違っていた。呂尚が最終的に策したのは殷の自壊であった。たんに殷軍が手薄になることだけを待って二年不動だったわけではないのだ。裏では呂尚はありとあらゆる手を使って、朽ちかけた巨木に揺さぶりをかけていた。熟柿が落ちるとは、人心が落ちることでもある。太公望の兵略とは兵士の叩き合いに勝つ法でも、陣取りを有利にする法でもないのである。そんなものは戦略のごく一部に過ぎぬ。呂尚の兵略はもっと大きなものなのである。

殷軍から動くことなくしばらく対峙のときが続いた。武王は呂尚を呼ぶと、

「師尚父よ、いかなることか。殷人はまるで攻めて来ない」

と問うた。

「ご覧のとおりです。商人、兵衆《おお》しといえども戦意寡《すくな》し」

殷の兵士は大半が飢えた奴隷兵である。

今、殷の将軍、指揮官たちは兵士たちを前進させようと狂ったように叱咤しているに違いない。だが兵士たちはのろのろと半歩も進むだけである。

「こちらから先に攻めてはどうか」

「よろしいでしょう。いい頃合いです」

呂尚は自ら選りすぐりの勇士百人を率いて、鶴翼《かくよく》に展開した殷の巨軍のど真ん中へ車行した。最高の勇士を率いたとはいえたった百人である。周側からは、あやうし、との声が幾つもあがった。だが呂尚の戦車隊は大軍の中央を悠々と駆けてゆく。一世一代の見せ場であるかのように、呂尚の皺だらけの顔には喜びしかない。

さすがに武王も驚いて、周の陣の左右にいた召公奭と畢公に通達し、一軍ずつを率いさせて、殷軍の両翼を攻めるべく突撃させた。武王も中軍に命じて圧すように前進する。
この光景に、また屈原の詩を引いておくのも悪くはない。

鼂《ちょう》に會して争盟《せいめい》す
何《なん》ぞ吾《わ》が期《き》を践《ふ》める
蒼鳥《そうちょう》の羣飛《ぐんぴ》する
孰《たれ》かこれを萃《あつ》まらしむる

〈その朝、武王のもとに集《つど》い盟《あつま》ったが、どうして諸侯らはその期日を知ったのか
諸侯は蒼き鷹のように群がり飛んだが、だれがかれらを集まらしめたのか〉

争って伐器《ばっき》を遣《つか》わす
何を以てこれを行《や》る
竝《なら》び驅《か》けて翼《よく》を撃《う》つ

何を以てこれを率《ひき》いたる

〈武王の軍は争って兵器を進めた　なぜそんなことをさせたのか
周軍は共に駆けて敵の両翼を撃ったが、どうやってこの軍勢を率いたのか〉

実際に干戈《かんか》を交えての戦闘はごく一部で起きたに過ぎない。殷の兵士は目前に迫る周の兵士に機械的に反応したに過ぎなかった。前列の歩兵たちは仕方なさそうに撃殺されていった。殷兵はそれほど動かなかったのである。

「皆の者、やめよ」

と呂尚が塩辛声で叫んでいた。

「むたいな虐《ぎゃく》は太子の厭うところぞ」

落ち着いて見れば、殷の兵士たちは持てる矛、戟《げき》を倒《さかし》まにしていた。刃向かうつもりはないという意思表示である。前方を左右によけて、一本の道を開くように動いた。やがて人海が割れて朝歌に武王を迎える大道が生じた。

戦意がわずかにあるとすれば隊長、指揮官、将軍らであり、呂尚はそういう者たちとのみ戦闘すべしと指示した。殷の兵士たちは最後の最後まで忠義者だった者たちが次々に首を刈られ、また自刎《じふん》してゆくのを青い顔をして見ていた。大軍七十万とはいえ、うち力戦したのはよくて千人ほどであった。他の兵は周の戦車歩兵に押されるがままに道をあけて、また林のように立っていただけである。手応えのまるでない戦さに南宮括《なんきゅうかつ》、黄飛虎《こうひこ》といった猛将たちは拍子抜けしたに違いない。

武王はそのまま軍を進め、朝歌に逃げ帰った紂王とその残兵を追った。紂王は敵に殺されることなどプライドが許さなかった。天智の玉という善き珠玉を取りて帯び、鹿台（紂王の宝物庫）に火を放ち、そこへ身を投げて焼身自殺を敢行した。悪来《あくらい》は手こずらせた末に壮絶に闘死した。朝歌の百官民衆に逆らうものは一人としていなくなった。

戦争というものの通例ならばここで周軍によるすさまじい掠奪が行われているところである。いまだ蛮に近い周とその連合軍にとっては朝歌は宝の山であり、着飾った女たちが邑のそこかしこにいる。太公望呂尚も、そのような不祥事が起きることもやむを得ないとは思っていたろう。戦後の掠奪はほとんど兵士の本能といってよい。人間集団の本能でもある。そうしなければ収まらない何かを心底に持っている。それを止めることは、七十万の軍団を破ることより難しいことであった。

君主も将軍も兵士に掠奪という褒美を与えねば、その不満が撥《は》ね返って爆発しかねないことを知っている。

（いくらか王の名がけがれようが、仕方があるまい）

と、兵卒管理の面からあきらめている。呂尚自身は掠奪に酔って戦さのあとの血のたかぶりを鎮めねばならぬような年でもない。

だが「史記」を始めとする諸史書にはその種の記述はまったくない。周の史官に自国の軍隊の残虐行為を正確に記すことを求めるのは困難であろう。しかしここに記す者は遥か後代の司馬遷等である。

司馬遷の著す書は正史ではなく、隠される予定のものであった。記述に遠慮する必要はなかった。伯夷、叔斉の件で前述したとおり司馬遷は、周の勃興と殷の滅亡に関して、屈原と同じような批判心を持っていたと思われる。

「史記」には、武王は大白旗をかかげて諸侯部族をさし招いた、とする。戦闘終了を示したのであろう。諸侯部族はことごとく武王に拝礼し、武王は揖礼《ゆうれい》して酬いた。そして朝歌に至ったという。戦闘終了直後に既に周の連合軍は鎮静していた。戦闘があまり激しくなかったからでもあろうが、じつに速やかに鎮静していたのである。

そして正義の軍の名に偽りなく、堂々と進んで、郊外に出迎えた朝歌の住民たちに、

『上天《じょうてん》、休《きゅう》を降《くだ》す』

と云い渡した。天が休を降すとは、

「天は、紂王を滅ぼし、商人たちに慶事をくだしたのである」

という意味である。

百官百姓は再拝稽首して武王にこたえ、武王もまた答礼した。そして朝歌の邑に進駐

した。屈原流に問えば、

「武王は戦さに勝って都に進駐したが、どうやって兵士たちを大人しくさせたのか」

と言いたくなるところである。

戦さの後、兵士が掠奪をしなかったケースもないではない。よく知られているところでは、漢の高祖劉邦が関中入りしたときには大きな乱暴掠奪はなかった。張良《ちょうりょう》、蕭何《しょうか》らがあらかじめ厳しく戒めたからであるという。劉邦などは自ら率先して掠奪しかねない人物であったが、なんとか自制したようである。

ちなみに漢の名軍師張良は黄石《おうせき》の化身に太公望呂尚の兵法書を与えられてよく学んだという伝説がある。虚実はともかく張良は自らを太公望の直弟子としたものらしい。

日本では織田信長が京都に進駐したおり不祥事をほとんど起こさせなかった例がある。共通しているのは鉄の規律のごときものが兵士らに徹底されていたことである。盗み、強姦などしようものなら即座に斬られる。となれば兵士も鬱憤を嚙み殺し、獣性を必死になだめたろう。

武王が周とその連合軍を最後まで正義の軍隊とするために凄まじい規律を科したというような話は残っていない。呂尚も意外を感じたであろう。

（まさか叔旦の「太誓」「牧誓」の力がまだ及んでいるのではあるまいな）

と疑った。戦意を極限まで高めたのちは、また元通りに鎮めるべきである。でなければ捌《は》け口は暴動にゆかざるを得ない。周公旦の文章、呪祝はそこまで考えて作られていたのであろうか。

ただ武王のみがその後、狼藉をはたらいている。城外に軍を残し、武王とその護衛だけがまず入城した。紂王の焼け焦げた屍を見つけるや車上から三発の矢を射込み、それでも足らずに剣を抜いて斬り付け、最後には黄鉞《こうえつ》で首を叩き切り、さらには大白旗の先に突き刺して掲げ、大いに辱めた。

ついで宮廷の奥に踏み込むと紂の寵妾二名が既に首を吊って死んでいた。うち一人が妲己であったろう。武王はさきと同じく矢を三本ずつ射込み、剣にて撃ち、黒い鉞《えつ》で首を切り落として、小白旗に刺して掲げて辱めた。そののち城外の陣に戻った。

この武王の振舞いは、聖人らしからず、ということで後世に疑われたこともある。だがこの行為は礼であった可能性が高い。矢三本、剣撃、黄色と黒の鉞の使い分け、白旗に首を掲げること、すべてに何らかの暗喩が込められているように思われる。もっと言えば敵の頭領と妻妾の尸《しかばね》を侮辱することが、呪術として必要とされていたのかも知れない。であれば周公旦が献言したものであろう。

城外の部族諸侯の軍勢はそのほとんどが殷の仕打ちに恨みを持ち、故に周に加勢したものである。周人も然りである。戦さは半端で終わり、あるいは楽しみにしていたかも知れぬ掠奪も行われなかった。武王は皆のその感情を代表して乗り込み、一人掠奪を敢行してけじめをつけたと言ってよい。

紂王の死体に暴虐し、愛妾二人の死骸に尊厳を犯すようなことをした。武王は皆の代表としてそれを行わねばならなかったのである。周とその連合軍の荒ぶる魂を鎮めるためにである。周人武王とてもともと西方草原の民であった。西方の野蛮なる部族諸侯の気持ちが分からぬではない。

入城の儀式が行われたのはその翌日である。周軍は一晩を敢えて朝歌郊外に野営し、よく魂を落ち着かせた。早朝より道路を清掃し行神（道路の神）を祀り、社（土地の神のやしろ）を修理して祀った。そうせねば礼的にいって危険だからである。他国の宗廟のある地に入るにはそれほど慎重にせねばならないということだ。

そしておもむろに入城式が開始された。百人の兵士が罕旗《かんき》をかかげて先駆し、叔振鐸《しゅくしんたく》（文王の六男）が儀装車をつらねて奉じる。周公旦は大鉞をとり、畢公は小鉞をとり、武王の左右にある。散宜《さんぎ》生《せい》、太顚《たいてん》、閎夭《こうよう》ら股肱《ここう》の臣が抜剣して武王を護衛する。しかるべき者にしかるべく役が与えられており、間違いがなかった。これも周公旦が案じて決めたことである。ただしこの場面は「史記」周本紀と魯周公世家では異同があり、後者では小鉞をとったのは召公奭となっている。

武王は城中、壇にいたると南に立った。南面することは君主たるものの位置である。

兵卒、左右の将はことごとく北面して従った。毛叔鄭《もうしゅくてい》が明水（祭祀用の水）を奉じ、康《こう》叔封《しゅくほう》（文王の九男）が茲《じ》を敷いた。周公旦はここはしばらく考えたであろう。一族に非ざる功労者の役儀をなんとするかである。

召公奭には幣をたすけ持たせた。幣は神に祈るときに供え、祓うときに振る重要なものである。そして問題の太公望呂尚には牲《いけにえ》の牛を牽《ひ》かせる役をふった。西方の民が祭祀するとき、犠牲を牽き連れる役目の重さたるや只事ではなかった。一族の重鎮、長老にしか許されぬものである。武王のそばで大鉞を抱いた周公旦の役目よりも重くある。勲功第一等が太公望呂尚であることが一目で分かる心憎い配役と言える。

史の尹佚《いんいつ》が武王に向かって策書祝文を読み上げた。その内容は紂はその罪により上帝（天帝）に罰をうけてほろびたとする。そして武王に天命がくだり天子となったことを告げ、徳政に励むよう命じている。尹佚が読み上げてはいるが、これは天神社神が命じていることになっているから、武王は尹佚に向かって再拝稽首して謹んでうけた。武王は退出する。

革命の儀は終わった。

その後は様々な神を祭りつつ、大宴が催された。それは入り切れず城外に蟠《わだかま》る周に加担した部族諸侯の兵や、降《くだ》った殷の兵たちにも及び、ところどころで起きる乱痴気騒ぎも大らかにゆるす宴会となった。周公旦はわざと目立たぬごとくして隅のほうにいた。

戦争自体には与《あずか》らなかった周公旦だが、その戦後処理策は既に始まっていたと言える。呂尚や召公奭に場を譲り自然にかれらが意をほどこすようにしていった。

武王の最もそばにいて何度となくその功を賞賛され、感謝の辞を下されたのは師尚父、王の教師にして名軍師たる太公望呂尚である。武王の絶賛により呂尚は周に比類なき人として場に集った者たちに再認識させられた。しかも齢八十過ぎの老爺であることが人々にさらに強い印象を与える。あの福々しい好好爺がそのような驚嘆すべき実績をあげたのだと、改めて考えてみれば、やはり賛嘆の声しか漏れず、鑚仰《さんぎょう》の念が増すばかりである。呂尚に限って言えば、いかに賞賛され、何を下賜されても諸侯の嫉妬の対象となるようなレベルにいる人ではなかった。

呂尚は確かに晴れがましいおもいをしたし、心に真に喜びがあった。

(半生の宿願がこれにて果たされた)

だが、鬼謀の男は感激のさなかにあっても冷静冷徹を心に保たねばならない。呂尚は周に帰属することにより、念願であった殷の打倒を果たし、生きてその滅亡の様を目に見ることが出来た。感慨は無量である。だが先を策す意識は一時たりとも捨ててはならないのである。

(これでもういつ死んでも悔いはない)

などとは夢にも考えない男なのである。

殷との戦いは終わったが、呂尚の戦いは終わったわけではない。むしろもっと困難で厄介な戦いが案じられていた。呂尚ははるか以前、文王が薨《みまか》る前からそのことは心の片隅に留めてあった。考え続けてきた。

己の能力を惜しみなく提供して周に仕えてきた。才能や経験が存分に振るわれて大成功を収めること、それはそれで喜びである。だが呂尚には自分の能力を振り絞った見返りについての楽観は許されなかった。

『狡兎《こうと》死して走狗《そうく》烹《に》らる』

とは「史記」越王勾践世家の言葉であるが、武王に師尚父とまで称えられる呂尚といえどもその例外ではあるまい。有能過ぎる家臣はすなわち最も恐ろしい家臣といえる。しかも呂尚は姫姓の一族でもない。優れ過ぎた能力を持って、用済みになった者に対する主君の恐れは、臣下の者にすればときに想像を絶するほどのものがある。呂尚の今後の立場のあやうさは他人に説明することさえ許されないのである。

今、武王や周公旦にそのようなつもりは寸毫《すんごう》もないにせよ、呂尚は権力の魔が人をどのように変えるかについては知り尽くしている。周の武王の権力はただの権力ではない。中夏を動かすという途方もない力はどのような人間の心をも変質させずにはおかない。良くも悪くもである。今の武王のように他から直接奪った直後はいいとして、時間がたつほどにそうなってくる。武王以外にも今は一致団結している家臣団のうちにも徐々に敵が生じてくることも念頭に置かねばならない。

呂尚が隠居して息子の呂伋《りよきゆう》に譲り大人しくしていればすむという問題ではないのである。嫡男呂伋とて大臣たることが約束されているが、自分と同じような心働きはとうてい期待できなかった。呂伋が不注意に動けばそれこそあっという間に引っ掛けられ、呂尚も含めた姜姓の一族 盡《ことごと》く断絶させられてしまわぬとも限らぬ。

例えば今、呂尚と同じように召公奭もその功を誉められ、労をねぎらわれている。召公奭は周と同じく姫姓であり、呂尚よりはその血が周王家に近くはあるが、その立場の危険さは呂尚とさして変わらない。

（あのお人好しの御仁はそれが分かっているのかな）

皮肉ではなく、戦友の運命を心配してそう思った。もし召公奭が助言を求めてくるようなことがあれば言ってやらぬでもない。

武王が権力の魔に深く魅入られてしまったら、同姓同族の人間であろうと殺される。実弟の周公旦とてその優秀さをうとまれて殺される可能性があるのである。周に限ったことではない。一人の大権力者を戴く組織にはいつでも発生する可能性のある事だ。

こうなれば呂尚は己の老齢のことなど考えている場合ではなかった。一族の安泰を計る為には、呂尚は生命ある限り頭を使い、手足を動かして闘い抜かねばならぬ。最終的な安堵を得たいのであればすべてを捨ててまた昔のように放浪の徒となり山野をさすらうしかあるまい。だが呂尚には今や守るべき一族郎党がいる。無責任は出来ない。もう一つの選択肢は周を敵でなくしてしまうことである。最悪の場合、太公望呂尚は天下を望まねばならなくなるということだ。

（無理に望みたくもない。しかしだ）

呂尚は、酒を含み、武王と談笑しながら思っている。

（つまり、西岐に身を寄せたとき、すでにわしはその道を選んでいたということだ）

権道の綱渡り、今日友であった者が明日は敵となるような過酷な世界に呂尚は足を踏み入れてしまっていた。

そして呂尚はけっこうそのような世界が嫌いではない。いまさら隠逸に逃れるようなことをする気もなかった。八十を越えていようが生きてあるうちは闘い続けようと思う。それが一年か、二年か、あるいはもっと長くなるかは分からない。死が訪れるまで粘り抜かねば仕方があるまい。それが呂尚の天命というものである。

結果として呂尚はこのあと三十年以上も生きることになる。かなり年下の周公旦のほうが先に逝くのである。その長寿は怪物的である。後に太公望呂尚を道術の祖の一人としたり、仙人とする伝説が生まれるのも故なしとしない。

だが百歳を越えても政略に心を砕き、闘い続けなければならなかった太公望呂尚は果たして幸福であったろうか。

三

神話伝説には必ずなにがしかの事実が含まれている。それは精神にとっての事実であることもあり、歴史にとっての事実であることもある。夏、殷、周の三代について記された記述はそのほとんどが未だ神話伝説の霧の中にあり、史実と象徴が混在した叙事詩であると言えぬこともない。科学は甲骨文字や金文、墳墓、遺跡、またその発掘資料から歴史の実像にメスを入れようとしており、その試みは今も着々と進められている。

神話伝説。ことに祖先の神話伝説は、それが如何に突拍子のないことであろうと、その子孫の胸に様々な感慨を呼び起こすものである。それが語り継がれれば事実に匹敵するものとなり、一族の誇りとなり、エンブレムとなり、礼の一部を担うことになる。

周の起源説話にはこうある。

有邰氏《ゆうたい》にむすめがあり名を姜原《きょうげん》といった。女性が史に固有名詞を残す稀な例のひとつである。姜原は帝嚳高辛《ていこくこうしん》の妃であった。帝嚳は夏王朝の時期に存在したとされる五帝の一人である。三皇五帝などは霧の中の、さらに深い霧の中にある時代の者たちであり、人間の想像力だけがその存在を認めることが出来るのだが、後の人間は無理にも血統という現実に引き寄せ結び付けようとする。

さて姜原はあるとき野にあそび、巨人の足跡を発見した。何故か忻然《きんぜん》として悦しくなりその足跡を踏んでみたいと思い、実際に踏んだ。するとたちまち彼女の胎内に何か動くものが発生した。自分が妊娠したことを知った。

むろん巨人の足跡とは素晴らしい男のことであり、その者とどこかで知り合い、野に逢瀬を重ねていたのだろう。悦楽してその足を踏んだのなら、やや変わった体位で交わりをしたのであろう。と、作者が伝承をしたり顔で解釈することは出来るが、周の子孫はそのようなことは考えない。巨人とは超自然的な存在であり、その足跡に触れただけで姜原は神の子を宿したのである。それに間違いないのである。

月満ちて出産した。姜原は決して間男との情交が露見するのを恐れたのではなかったとする。生まれたばかりの子を見て、

(何かおそるべきこと、不祥のことありや)

と思い、乳児を路地裏に弃《す》てさせてそのまま殺そうとした。後にそれがその子の名となった。弃《き》である。したところ、通り過ぎる馬牛はその子を踏むことなく避けて通った。

次に姜原は人気のない山林に弃を弃てさせたが、何故かすぐにその辺りは人通りが多くなり、必ず拾われてしまう。仕方がないので今度は氷りついた渠《きよ》の中に弃て直した。すると鳥が飛んできてその羽を赤子の下に敷いたりする。野の動物たちが弃を守って生かそうとするのである。昔から聖なる素姓の子は山野の生き物たちが手分けして哺育し

てくれるものなのであり、如何にしても死なないのである。

実際は姜原のお付きの腰元たちが不憫におもい、姜原には捨てたと偽り、隠してその子の世話をしていたのだろうが、そう書くと面白くなくなるから、そうではないと思うべきである。

どうしても子殺しに成功しなかった。かくして愚かな母であった姜原は、ようやく弃が不吉の者ではなく聖なるものと気付いたのであり、手もとに引き取って養育することにした。自分の不首尾の子なのだが、捨て子を拾って育てているのだと周囲に思わせることに成功したのかも知れない。

弃は児たりし時より巨人の志を持つ如くであったという。成長した弃は植物の管理人としてずば抜けた能力をあらわした。農民は弃の言に従って豊作を得た。新しく強力な農耕神がここに生じたのであった。ときの王である帝舜が弃のはたらきを聞き知り、農師に任じたので、その能力は天下に利益をもたらすことになった。帝舜は、弃を呼んで、

『黎民《れいみん》飢え始む。爾《なんじ》は后稷《こうしょく》（農官たちの束ね）となり、時に百穀を播け』

と命じた。弃はその後、姫姓となり、号して后稷を名乗った。

この后稷が周の祖であると神話は云う。

周人は「思文」の詩をつくり、后稷を称えた。

思《ここ》に文なる后稷
克《よ》く彼の天に配す
我が烝民《じょうみん》を立つるは
爾《なんじ》の極に匪《あら》ざる莫《な》し
我に來牟《らいぼう》を貽《おく》る
帝命じて率《したが》い育《いく》せしむ
此の爾《なんじ》の界を疆《かぎ》る無し
常に時《こ》の夏に陳《つら》ねよ

〈文の徳ある后稷
よく天の徳に気配る
わが万民をやしなうは
あなたの徳にあらざるはなし
われらによき麥《らい》をたまう
天帝は命じてあまねくやしなう
この、あなたの境を限ることなし

常にこの中夏にあらしめよ〉

『周公、成王を相《たす》けて王道大いに洽《あまね》し、禮を制し樂を作り、后稷を郊祀《こうし》して以て天に配す』

と云うから、周公旦が郊の祭祀をおこなった時に歌い踊られたものであろう。

后稷の姫姓の一族は必ずしも西方草原の民ではなかったということか。その子孫は転々として草原にも行ったが、遊牧の民に同化することなく、あくまで農耕を主とする人々であろうとした。周の姫氏は草原牧畜の民と農耕定住の民の二つの生き方を兼ね備えたのであった。

(わが祖は后稷なるか)

周公旦は子供の頃から、古伝承を聞くことを好んだ。長じても古老を訪ねては神話伝承を聞き集め、暗記して再び語ることが出来るようになった。自然に東西の土地に伝わる礼の知識を得ることに役立つようになった。

「婦人は男子の足跡を踏むと子を宿すのでございますか」

などと人に訊いて困らせるたぐいの子供であった。

周公旦は父西伯昌から文字や周の礼、つまり后稷以後の姫氏の一族の礼を学び、暦を学び、当然の事ながら殷の礼も学び、もうその影が薄くなろうとしていた夏の礼の知識も学ぶことになった。文王西伯昌は族長として優れていたのみならず、偉大な学識経験者でもあった。

周公旦は学習能力が非凡であった。ことに礼に関する感受性は只事ではなかった。文王に子は多かったが、その点では周公旦に及ぶ者がいなかった。

「旦や、おまえは史や天文、典礼の官にむいておるのかも知れぬのう。あるいは巫祝のようなものどもに」

と西伯昌は半ば案じて揶揄《からか》った。

「いえ父上、わたくしはただそういう知識を知ることが好きなだけでございます。思う求めに従っているだけです」

「まあよかろう。様々な知識を持つ者は有用である。ことに礼は民を治め、主国（殷）に仕え、他国と交際するに知っておいてよいことである」

周公旦は公子である。後に領地を治め、政務に加担することになる身である。それが史、天文、礼を知っていることは強みである。まさか巫祝になったりはすまい。周公旦が巫祝となるような時は、周が滅びて、一族が野に放り出されるような運命に見舞われたときだけであろう。

殷周革命などが起きなかったとすれば、周公旦は学者のような者になり、内政にいくらか仕事をするような人となったに違いない。知者である。あるいは周公旦は伯夷、叔斉の生き方に共感するところがあったので、隠逸の人となっていたかも知れない。

また文王は周公旦にいくつかの占卜の秘法を伝授した。

「わが西岐に伝わる占いは殷人のものとは違う」

とまず言った。

殷は祭政一致の神聖王朝であった。そこでは王はシャーマンであるというより、神に近い者、時には神を凌ぐ者であった。殷王は現人神とされている。

殷人は頻繁に占いをした。王は神意を知り、同化すべく事あるごとに占卜するのが常であった。殷人の占卜はまずもって亀甲、大骨を使うものであった。よく洗った甲羅や骨に楕円形のくぼみと擂り鉢状の穴をいくつかあける。焚火に焙ったり、穴に燃える木を押しつけると、熱のためにぱくりとひび割れる。そのひびの具合を王や卜官が見て判断するものである。そして、いつ誰が何を占ったか、また亀裂を見ての判定とその後に起きたことなどを文字にして彫り込む。この文章を卜辞《ぼくじ》といい、後にいう甲骨文である。甲骨文はこの占卜と、判定の正しさを永遠化する為に刻まれるものであった。文字は言霊を形に封じて力を永く持続させる為に使われる。

だが、この占いは、占いであって占いではなかった。当るも八卦で行う場合もないではないが、そのほとんどが明確な意思のもとに行われた占いであり、つまりは魔術なのである。その場合、卜辞は予言とその実現を記した文章となる。つまり亀卜は懸案事項の解決のヒントを得たり、未来の予測や予知のためにするものではなく、望んだ事項を必ず実現させるためにするものであった。また行為のすべてに神の承認を得て、神聖化するための手段でもある。神の意思は絶対でありそれを体現する王の判断も絶対なのである。外れていいわけがない。

たとえば「近々、身内に病人が出ないか」と問うてトする。出る、と出た。その有効期間は半年かそれ以上にも及び、近親に病人が出たりすれば占卜は当り、成功したとするるのである。必ず病人は出なければならぬのであり、半年以上過ぎたがやはり出た、とその判断は無理にでも当りとせねばならない。

戦争の可否、祭祀の問題、出猟の成果、祟り除け、卜する事項は様々であるが、問うて占断し、それは神の卜兆であるから始めから間違いは有り得ない。当ると決まっている予言となる。実現しそうになかったなら、手段を選ばず無理矢理にでも実現させようというのが殷人のうらないであった。イカサマというよりも、巫祝王の威力を示す行為なのである。

ごく単純に言えば、こうしたい、こうなればいい、といったことを亀甲に刻み、一度で吉の判定が出た場合はよいが、凶であった場合は吉が出るまで何度もやり直させるようなこともしている。結果に吉が出ればそれに朱を入れて、より強く文字を固定する。そして、めでたしと占いを終える。これではすでに占いではあるまい。いかさまであるというより、殷の占卜は魔術的なのである。それはまた宗教であり、礼の一部にあった。例えばラスコーやアルタミラの洞窟画には遥か古代のシャーマンが狩りの成功を確実にするため獲物の絵を描き、野獣の捕殺に成功した場面を描いたりして、これが現実に起きるように祈り歌い踊ったとされる。そして狩猟隊は壁画に描かれた通りに獲物を得て帰ってくる。無理矢理の的中に走ることもあったろうが、最初、殷の占いはそれと同じ原理を有していたということだ。この原理は今昔に不易の魔術の基礎的な考え方である。女の子があの人を振り向かせたいと思いハンカチにある種の図形を刺繡するというようなおまじないも同一の原理を有している。

一定の儀式的な行為を行うことによって超自然的な力にはたらきかけ、自然をコントロールし、他人をコントロールし、また神や精霊を使役する。殷は数多くの神々を祭祀したが、それは神をおそれてというよりも、神に対して命じるという意味あいが強かった。殷の神政においては、王は神よりも上にいることが少なくない。

後の世に成立する「易経（周易、易）」は、俗に「当るも八卦、当らぬも八卦」などと囃して、占いが非科学的で不正確なしろものであることも示すことになる、占いらしい占いである。「易経」の根本が成立したのは周初であるとする。その中に、

『初筮は告げる。再三すれば瀆《けが》れる。瀆るれば告げず』

との禁止事項がある。同じ案件を何度も占うのは神明を疑い軽んじる非礼であるから

だ。周の以降は、占卜についてもその思考法を殷風から改めたのである。

殷人の甲骨占いも、後の「易経」の占いも現代人の目から見ればいずれも魔術的であろうが、両者の間の思考には大きな隔たりがあるわけである。殷は占卜を「かくあれ、かくなせ」と命じる魔術としたが、周以降は「かくなるゆえ、かく用意すべきである」という天意をおしいただく方向へ進んだとしてよいだろう。

周公旦が西伯昌に教えられたのは、むろん、「殷人のものとは違う」後者の思考に立脚した占術である。周の礼には神へ物申す法はあるが、それを占いとは呼ばない。周の占いには予知、あるいは取るべき選択肢を天にお教えいただくという敬虔さがあった。周とて占卜を重視することこの上ない文化のうちにある。「周礼」には占卜関係の官だけでも、大卜、卜師、亀人、占人、筮人、占夢、眡祲《ていしん》、大祝、小祝、詛祝《そしゅう》、司巫、男巫、女巫の多数が挙げられている。

またその占術は道具として蓍《めどぎ》を使う。筮竹《ぜいちく》である。卜筮の発生がいつだったかははっきりしないが、周は亀卜と卜筮を同時に行っていた。ついでに言っておけば周公旦に伝えられた占術はほぼ確実に現「易経」ではなかったろう。

易筮ははじめ伏羲《ふっき》が八卦を作り、文王が羑里《ゆうり》幽閉中に演《の》べて卦辞（卦の解説）をつけ、周公旦が文王を継いでさらに爻辞《こうじ》（爻の解説）をつけ、最終的には孔子が十翼（総合的な解説）をあらわして現在に見られる「易経」を成立させたというのが歴代経学の定説であるが、証拠のない伝説である。したがって晩年孔子が「易経」研究に取り憑かれ、『韋編《いへん》三絶』と伝えられる、竹簡を綴じる皮紐が三度も擦り切れるまで熟読したという伝説もまた虚構である。

殷人は山川草木の様々な神を祭り、饕餮《とうてつ》文様、龍虎文様など妖怪鬼神のおどろおどろしい意匠の器を残している。汎神《はんしん》を祭る人々であった。それも使役したり、魔除け、鎮魂、修祓《しゅうばつ》のために祭ることが多かった。だが殷人はあまり天を祭らなかった。ほとんど重視しなかった。ことに殷の武乙は紂王の三代前の王であるが、かれはひどく天を辱めたという。天神になぞらえた人形を作り人と博打をさせて、天が負けると嘲笑った。また革袋に血液をつめて天神になぞらえ、下げて弓矢の的とし、射抜いて〝射天〟と称して侮辱したりした。武乙はその後、狩猟に出たさい落雷をうけて死んだという。天の怒りに触れたということらしい。

周人はよく天を祭った。それは住みし土地に関係があろう。西方に少し遠出すれば見渡すかぎりに天と地だけの世界である。そして天と地の間にいるから人間なのである。よって天も地も祭る。農耕の民としても天の意向はひどく重要なことである。降雨を司るのは天であり、祭らざるを得ぬ。暦や天文学が発生する。すべてを含めて信仰の対象となったろう。

自然の中にいて仰観俯察していた賢者が天と地、天象と地象、太陽と月、火と水、山と谷、光と闇、自然の全てのものが対をなすことに気付くことは必然であり、ひとたびそれに気付けば、賢者が宇宙陰陽二元の理に到達するまではひとまたぎである。太極一元、陰陽二元の「易経」の根拠となる概念は周にも、世界中のどこにでもあったろう。が現「易経」の原形となるものは周にもまだなかったということである。意外とそれは楚などに隠されていたかも知れないのである。「易経」はあまりにも洗練されすぎている。

ともあれ周公旦は占術を学んでいる。周の占卜法として「周易（易経）」の他にも「連山《れんざん》」「帰蔵《きぞう》」の二易があったとされるが、「連山」「帰蔵」は失われておりそれがどのような占術であったかは不明である。「連山」「帰蔵」が周の土着の占術であったと考えても悪くはないのだが、詳細不明の書物であるゆえ、周公旦が学んだ占術が「連山」「帰蔵」であったかどうかは、これも不明とせざるを得ない。後の周公旦のシャーマン、メディスンマン的な働きを見れば、「易経」的なものよりも、より呪術的な占術を会得していたことは想像できるのであるが。

殷を倒した前後、武王はいくつか心休まらない案件を持つようになった。

まず功臣、謀士たちにどのように酬いるかである。

今や武王は中夏のほぼ全土を自在に出来る立場にある。土地を与え、封じて諸侯となすべきであった。

うちその功計り知れぬ者が太公望呂尚であり、次いで召公奭である。武王の直臣、自らの兄弟たちを措いても先にかれらの処遇を定める必要がある。が、領地広大といえどもどこに封じればかの者たちが満足するかに頭を悩ませている。

(いっそ、師尚父たちに欲しい土地を選ばせようか)

とさえ思った。

悩んだ末、知恵者の実弟、周公旦を召し出して問うことにした。

「兄上、いや王よ、気兼ねなく定めればよろしいのではありませんか」

「そうだろうか」

そこで武王は周公旦に打ち明けた。

「いろいろ思うが師尚父のみどこに行っていただくかを決めかねる。また、わしにはまだやらねばならぬことが山積しておる。今後もなお師尚父の知恵と手腕を必要とするところもあろうかと思う」

周公旦は武王が功労者に厚く酬いるべく気を使っていると知り安心した。

(兄上が王であるかぎり大丈夫である)

と思った。

「師尚父をどう始末しようか」

などと持ちかけられるなら諫死しよう、というような心配をする必要はなかったのだ。天下は周に帰し、その土地は武王が画《かぎ》ってよいということにはなった。だが、実情は各地各場所に中小の土着の部族諸侯がいて、暴慢をなしている。殷がその末期に何度か争った人方などの部族はその最たるものである。すべての者が周の天下を喜んでいるわけではない。地盤においても周の礎はいまだに脆《もろ》しというしかない。

「王には、師尚父に、都のすぐ隣にいていただき、いつでもその指示を受けられるようにしておくがよいか、わが国にはもったいないあの智謀をもって遠き地を治めていただくのがよいか、二つに一つでしょう」

と周公旦は言った。

「叔旦、だから、わしはそれを決めかねておるのだ」

周公旦は熟慮するふうでもなく頭に何かをめぐらしている。

このとき周公旦の胸の内にすでに腹案があった。当然のことだが周都（鎬京《こうけい》）の周囲、隣接するような領地には血縁の者を置き、やや離れれば譜代の臣を置き、外様には遠方を守らせる。これが常識というものであり、一族の心に適い、礼に適うことである。しかし太公望呂尚や召公奭のような余りにも強力な外様がある場合、思案は微妙になる。よって周公旦も少々案を練らねばならなかった。

太公望呂尚の率いる姜氏は一大勢力となっており、これを都に隣接するような土地に封じた場合、いかなることになるか。また遠ざけて封じた場合、いかなることになるか。呂尚の裡に野心があると判断している周公旦はあらゆる状況を想定してみた。どちらにも有利不利があり、同時に安心と危険がある。これは召公奭に関しても同じことである。

「いかに叔旦」

と武王が訊いた。

「占卜いたしましょう」

と周公旦は言った。

「うらないで配置を決めるというか」

武王はやや不満な声でいう。

占卜などにほとんど頼ることがなかった現実家の呂尚を師として学んできた武王である。占卜は好むところではない。ただし呂尚が占いを必要としなかったのは、おそるべき人間通であり、物事を正しく判断するに十分な情報を常に握っていたからである。

周公旦はまず、

『聞くに、古《いにし》え五帝三王、動を発して事を挙ぐるに必ず先ず蓍《し》亀《き》に決す』

と云った。聞くところによれば、太古の聖王たちも、事を決するのとき、必ず卜筮や亀卜を行ったのである、という。

「先君文王もこのような場合、必ず占卜いたして事を決しておりました。何故かと言えばそのときの情実に流されることなく、目先の欲に釣られることなく、物事を決することを心がけておられたからです。占卜によって得られる知恵はときにまさに天意を告げるかのごとく、百事を解き納めたものでした」

「なるほど。わしも父上が師尚父と交わりを結ぶことになったとき、占卜によったことは聞いている。師尚父を封じるにも占卜するか……」

武王はしばらく考えていた。

「どういたします？」

「わかった。お前に任せる。占卜してその結果を見てみよう」

文王から直伝に占筮の法を習い、能《よ》く使うのは周公旦だけである。よって周公旦が占卜したが、それは周公旦の予め意図した答えを出した。

要するに蓍を操作するとき作為を入り込ませたのである。

（お許しを。ここは天まかせには出来ぬところなのです）

常に殷の礼、殷の風習を改革すべく思案している周公旦ではあるが、ここでは「かくあれ、かくなせ」の殷人の魔術占卜のようなことをやらねばならなかった。魔術というよりは権道というべきだろう。

太公望呂尚の封地は東海と出た。呂尚の領地と周の都は離すべきだと周公旦は最終的に結論した。これは武王の世を安泰にする為でもあるが呂尚の身を守る為でもある。呂尚と武王が顔を付き合わせるような場所で暮らしていれば、慣れ親しむと同時に相手の本性や姿が嗅ぎ取れるようになるだろう。戦時の非常協力体制下にあればまだしも、平穏のときに相手のあらが見えたり、うるさく感じるようになったらその色は黄信号である。いずれからともなく争いとなろう。

この推測を出したときには周公旦はきちんと占卜して答えを得ている。武王と呂尚の相性を占ったのだが、呂尚は家の為に身を慎んで舅に仕える嫁のような者ではまったくなかった。その志と思いは文王に匹敵し、武王を凌ぐところがある。意見を異にし、ぶつかった場合、経験豊富な呂尚は自重するであろうが、武王はまだこれからの王であり、人の深さが推し量れるかどうか。

召公奭もまた相性がよくなかった。同じく姫姓の一族であることが悪く出る気配があり、どちらかが譲らねばしばしば諍《いさか》う相克の間柄である。ここで武王が譲ってばかりいては天下に示しがつかなくなる。召公奭は北方の燕の地に赴いていただくことにした。周公旦はこうして元勲、功臣、血縁、外戚ら、自分以外の者たちの配置を決定した。その地図は武王存命のうちは絶妙のバランスが保たれて、何事も起きないか、非常に起きにくくした配置となっている。

一通り占卜（周公旦の既定の腹案であり、言うなれば魔術的配置だが）の結果を聞くと、武王は、ほう、と感嘆した。

「天意あざやかなり。よく我々を見守る」

深く頷いた。白帛《はくふ》に描かれた地図を眺めつつ、領地に一人一人の名を記していった。

「で、旦、お前はどの地を望むのか」

と武王にきかれた。

「あまった土地はここしかありませぬ」

周公旦は地図の一地を指した。それは山東の魯の地である。

魯は殷周革命の三大功労者の一人であり、王族である周公旦が行くにしては遠く、辺鄙な土地である。魯は呂尚が封じられる東海の営丘を押さえるような位置にある。召公奭の北燕から中央に上るにも魯の付近を通らねば回り道となる。

「そんな狭いところでよいのか」

「仕方がありません。占って決まったのです。ですが、魯地は泰山を望め、水も野もよいところと聞いております」

「ふむ」

「赴任しましたおりには魯地の事情を報告いたすでしょう」

周公旦が自由意思で選んだ土地が魯であった。泰山という名山の噂は聞き及んでおり、ここを望める地として魯は最適であった。泰山は岱宗《たいそう》（中国五岳の最高位という意味）

とも呼ばれ、古の聖王が封禅《ほうぜん》（天子の究極の礼であるとされる）を執り行うに、まず泰山に向かったと伝えられる。

この時点で周公旦は残務処理が片付けば魯に行くつもりであった。が、結局、生涯に一度もその地を踏むことなく終わることになるのである。

太公望呂尚は東海の営丘に封じられることになってもいささかの不満顔も見せることはなかった。

（王はわしを烹《に》る気はないとみえる）

と、とりあえずは分かったからである。

（叔旦のさしがねであろうが）

武王の脇に侍す周公旦にちらりと目をやる。

呂尚ほどの功臣が何の不満も見せずに赴任の命を受けたので、他の家臣らも何も言うことが出来なかった。

（しかしうまく出来ている）

と呂尚は思った。諸侯の配置は巧妙であり、隣接領主同士の相性や、ミリタリー・バランスがつねに互いに引き、あるいは抑えるようになっていた。武王が中央にて南面しているかぎり大乱が発生することはあるまい。呂尚が武王、周公旦の立場なら、同じような配置としていたろう。

(やるのう、若僧めが。よかろう、わしとて乱を好んでおるのではない。わしを静かに隠居させてくれるのなら、飲まぬ話ではないからな)

と呂尚は目に表した。しかし周公旦は一度も呂尚と目を合わせようとしなかった。

(駄目だな、若僧。わしを恐れて目を合わせぬのかね)

呂尚は、周公旦を出来る男だとは認めたが、まだまだ敵ではないとも思った。その小僧に領地を決められたのだ。安堵と不満の複雑な気分がいくらかあった。

周公旦の思いは違う。呂尚を恐れているわけではなかった。誰かが敵であって欲しいと少しでも思うかぎり、呂尚は現役なのであり、その気はないと思っていても闘いたくなるのである。だから周公旦は目を合わせなかった。呂尚に警戒敵視されることを徹底的に避けるためである。呂尚の力は、武王が裏切って何かを仕掛けでもせぬかぎりは、周に対して使われることはないであろう。

かくて諸侯が領地に向けて出発する。壮行の礼が華々しく行われた。各諸侯の一族郎党、それは一つ一つが軍団の規模である、は地響きと車轄《しゃかつ》の音を打ち鳴らし、旗をなびかせつつ四方に散っていったのであった。

その中には武王の兄弟たちもいる。武王の兄弟は十五人、他一族に血の濃い者四十、それらにもくまなく領地を与えている。周公旦のみ武王に要望されて都を動かず、代わりに息子の伯禽《はくきん》を代理として魯に先遣させている。

「叔鮮《しゅくせん》、叔度《しゅくど》、霍叔《かくしゅく》はどうも不満げであるな」

と、武王は周公旦に言った。叔鮮、叔度、霍叔は文王の三男、五男、八男である。とくに叔鮮は四男の周公旦より年長であった。面白くはなかろう。

叔鮮、叔度、霍叔には重要な仕事を任せたつもりである。紂王の遺児にして唯一、商王朝を継ぐ資格のある禄父（武庚）のそばにいて、かれを監督する役割である。武王は殷を討滅したとき、紂王の近親では、賢者の名高い微子と、少年であった禄父を許してそれぞれ優遇した。微子にはのちに宋の地が与えられる。禄父は殷の故地にいて宗廟を守るよう命じられている。その地は衛と呼ばれる。

周に完全に服した微子はいいのである。大勢《たいせい》を知り、その賢なるをもって今後を周の領国経営に力を貸してくれるであろう。問題はまだ子供である禄父であった。武王と周公旦は禄父のお守《も》りと監視をかねて叔鮮、叔度、霍叔という肉親を送ったのである。かれらは通称三監《さんかん》と呼ばれる。当然の処置である。禄父には殷の遺民を束ねる力があると見なければならない。

殷周の決戦のとき、殷の兵は戦意を喪失して矛を倒《さかし》まにして戦わなかった。つまり殷の大兵力はごっそり残っているのである。多くの殷の遺民を宋の地に移住させたが、禄父の周辺にはまだまだ人が残っている。禄父を神輿に担いで商王朝復興を企むこともあり得る危険地帯なのである。そのような場所に近親を送らずしてどうするのか。だが送られた三人、叔鮮、叔度、霍叔はそんな役割に不満を持っていた。武王が人事を定めるに強い影響力があったのは周公旦であることは薄々知っている。するとなお不満がつのる。

しかし周公旦の考えでは、禄父のもとに置くべき近親は叔鮮、叔度、霍叔しかいなかった。血縁であり、それなりの能力がある兄弟である。不満は分かるがここはひとつ周国の基礎固めのために働いてもらいたい。

「兄上（武王）が健在であるかぎり、三者は不満をおさえて働くだろう」

周公旦が思うに、今回の領地人事は武王が柱となっているのであり、武王の存在の大きさがすべての気まずい部分を被ってくれるのである。だから、周公旦は、

「叔鮮、叔度、霍叔はわが同胞《はらから》であります。不満など一時のこと、いつまでもわだかまりを残すことなどないでしょう」

と答えた。

太公望呂尚がこの封地人事で一番割りを食ったと言える。

そもそも呂尚とは何者なのか。

一般には太公望呂尚は渭水《いすい》のほとりに釣り針のない竿で釣りをしているときに文王に

見いだされてブレーンに迎えられたということになっている。
だが、別の伝説もあったようだ。屈原が「天問」に云う。

師望《しぼう》肆《し》に在り
昌《しょう》何ぞ識れる
刀《とう》を鼓して聲《こえ》を揚げる
后《こう》何ぞ喜べる

〈太公望呂尚は朝歌の肉屋にいたのを、文王姫昌はどうして知ったのか？
牛刀を打ち鳴らして大声をあげていた男を、文王はどうして喜んだのか？〉

こちらによると肉屋の店先で景気良く肉をさばいていた呂尚の人物を見抜いた西伯昌がそこでスカウトしたことになる。その時、呂尚はまだ若かったであろう。
ひとつ言っておけば、屠殺売肉の業者は非常に力を持っていた。業者間の組合のようなものもあったかも知れず、かなり裕福で、貴族にも大いに口をきけ、市場を左右する権力さえもっていた。後の「水滸伝」などを読めば分かるが、悪役として肉屋がしばしば登場する。日本の時代劇に置き換えれば、さしずめ廻船問屋なみの悪徳商人のイメージである。肉食の文化ではありがちなことである。これは中世ヨーロッパでも同様で、カボシュの乱のように畜肉業者がパリ当局に対して強い発言権を持ち、暴動を企むことさえ容易であった。

日本では肉食ではなかったことが別の形で力を発生させてしまったのだろう。屠殺売肉皮革加工の業者に故なき差別意識を向け、また、マスコミその他が屠場、屠殺などという言葉を自粛規制しようとするようなことは日本独特の特異なケースと言える。

呂尚は肉屋の頭目としてその実力をよく知られた人間だった可能性がある。故に貴人の西伯昌と口がきけたのだとも考えられる。太公望呂尚畜肉業者説、こちらの説を暗示し、また是とする文献は少なくない。

太公望呂尚は羌《きょう》、姜《きょう》族の出身であると思われる。若い頃は姜子牙《きょうしが》とも名乗ったらしい。この部族は羊を追って暮らす者であり、周と同じく半農の遊牧民であったと思われる。ただしチベット系の部族であり、そのために差別を被り、殷代には艱難辛苦を舐めさせられた。

一部の姜族は舜王、禹王の頃に手伝って治水の功を認められて、呂、申の地を賜っている。呂、申とも今の河南省にある。太公望は呂の地に住んだ姜族の子孫であったのだろう。故に最終的に呂尚と名乗ることに落ち着いた。「呂の土地の尚さん」とでもいう感じか。姓はあくまで姜である。「史記」には東海のほとりの人とある。呂尚の両親が流れ流れて東の果ての東海に住み着いていたということだろうか。

　東海の地、営丘を封地とされた太公望呂尚は故郷に錦を飾るということになるのだが、実情はそんな甘いものではない。歓迎どころか早速戦闘状態に入った。ひと息つく間もなく、東夷の原住民の萊人《らい》の襲撃があり、呂尚一党は力戦してこれを退け、萊人の酋長の首を刎《は》ねてようやく収まった。

　当然、呂尚は赴任以前に綿密に情報を集め、東海の事情を知っており、萊人との激突を予測していた。戦闘準備を整えての営丘入りであったため、被害少なく、短期間で萊人を駆逐することが出来た。

（叔旦の思惑通りであろうが。面倒な土地を押しつけるわい）

　呂尚は幾分腹立たしかったろう。呂尚とその一族郎党は東のまだ周に服せぬ部族の討伐命令を受けたようなものである。

　二度遷都して、臨淄《りんし》に居を定めるのは太公望呂尚から数代後のことであり、その頃の斉は呂尚の願い通りの超大国となっている。

　周公旦には現世の人事とは別にやっておくべきことがあった。武王がわざわざ古の聖人聖王の子孫を探し出して封じたことは前にも述べたが、殷の神への礼的な処置がまだであった。この場合、礼的処置とは、霊的処置と同義である。殷の族神やその鬼神を放っておけば災いをなすかも知れず、懐柔し屈服させ、周に従うようにしておかねばならない。このことは先の占卜と違って、嘘偽りなく誠心誠意をこめてやるべきであった。

周公旦は殷の史官や卜官を招いて詳しい話を聞き、慎重に招来鎮魂の礼を執り行った。

「振鷺《しんろ》」にいう。

振鷺《しんろ》、于《ここ》に飛ぶ
彼の西雝《せいよう》に
我が客戾《いた》る
亦た斯《こ》の容《よう》あり
彼に在りて惡《にく》まるること無く
此に在りて斁《いと》わるること無し
庶幾《ねが》わくは夙夜《しゅくや》して
以て終譽《しゅうよ》を永うせむ

へ羽ばたき鷺が飛ぶ
霊室の西の沢に

わが客神が至ります
鷺の姿のすがすがしき
彼岸にあっても憎むことなく
此岸にあっても厭わるることなし
ねがわくは朝夕につかえ
永遠の誉れをあらしめよ〉

鷺は夏殷の二王統をあらわす。羽ばたき来たりて周の祭祀を助ける。白は殷の色であり、白鷺はその象徴である。周にとり客である殷の神が、怨念なく周の廟に事《つか》えることを歌っている。

また「有客」にいう。

客有り、客有り
亦た其の馬を白くす
萋《さい》たる有り、且《しょ》たる有り
その旅《りょ》を敦琢《たいたく》す
客有り、宿宿《しゅくしゅく》たり

客有り、信信《しんしん》たり
言《ここ》に之に縶《ちゅう》を授け
以て其の馬を縶《つな》ぐ
薄《しばら》く言《ここ》に之を追い
左右に之を綏《やす》んず
既にして淫威《いんい》有り
福を降《くだ》すこと孔《はなは》だ夷《おお》いなり

〈客神がまいります
その馬は白い馬
草のようによく従う
その従者らもきらびやか
客神はしとやかに
客神はまめやかに
その馬に手綱をそえて
その馬をつなぎとむ
しばらく追い走り

左右になぐさめらる
もとより激しくたける馬
福をくだすこと大いに平らかなり〉

周廟に殷の祖神が客神として招かれる。客神参同の礼により、殷を象徴する猛る白馬に手綱をつけて抑えてしまうのである。その馬を馴らすことが出来れば、嘉《よ》き客神となり大きな福とともに迎え入れられる。

強大で害をなしかねない他の部族の神霊を鎮めて、こちらを援助する力に変えてしまう。まさにシャーマン的な呪術礼である。周公旦にとっては殷の神を参同させることは、現実の封地人事に劣らず重要不可欠なことであった。

四

武王倒る、との凶報が届いたのは周公旦が魯に赴任すべく出発準備を整えているときであった。周公旦は息子の伯禽に先に行かせており、魯地の経営に着手させていた。ようやく自ら赴くことになったのだが、武王の一大事となれば、赴任は先に延ばさざるを得ない。

心をはやらせて武王のもとに向かった。常にない不安が心中にある。

（なにとぞ）

との思いで、宮廷を趨《はし》り枕頭に急いだ。

武王の体調がすぐれないことは、今にはじまったことではない。もう数年にわたることである。西岐連合、周国の旗頭として立ち続けねばならなかった数年が、武王の心身にどれほど過酷を押しつけたかは想像に余りあった。

それもこれも国力として周が脆弱であったからである。史上思われているような、新興勢力周が時流に乗り、諸侯が慕い集まり、圧倒的な力で一気に殷を倒した、というようなことではなかったのである。

故文王以来の西岐寄りの勢力は最初は武王を信用していなかった。そのカリスマ性をもってしても、いつバラバラとなってもおかしくなかった。そんな連合を束ね、まとめ続けねばならなかった。殷討伐のさいに常に文王の木主を伴ったのもひとえにそれが理由である。「維天之命《いてんしめい》」に歌われる。

維《こ》れ天の命《めい》
於《ああ》、穆《ぼく》として已まず
於乎《ああ》、不顯《ひけん》なる

文王の徳の純なる
假《よ》く以て我を溢《いまし》む
我、其れ之を収め
駿《おお》いに我が文王に恵《したが》い
曾孫《そうそん》之を篤うせむ

〈これ天命くだる
ああ、奥ゆかしきことかぎりなし
ああ、おおいにあきらかなる
文王の徳の至純なること
よくわれを戒める
われはその御心を受け継ぎ
おおいに文王にしたがおう
曾孫にいたるまで忠実に承けよう〉

天命を受けたのはあくまで文王なのであり、武王以降はそれを堅守継承する立場に過ぎぬのである。

偉大な父を持った息子はまことに苦労したのである。どのような組織でも二代目というものは意地悪な目で見られるものだ。武王は自分が文王の命を確かに受け継いでおり、文王に匹敵するかそれ以上の器であることを証明する努力を怠ることなく続けねばならなかった。

外交において気張って似合わぬ演技もせねばならなかった。ときに有力諸侯に媚びるような真似もせねばならなかった。間近に見ていた周公旦は武王の辛苦が分かり過ぎるほど分かっていた。

殷を伐ちし後、まだ二年たらずである。事実上、九州のあるじとなったのは天命を受けた文王ではなく武王なのである。武王こそ創業の王といってよい。創業の王のなすべきことは多と言わねばならぬ。そして勤労努力の甲斐あって、武王自身の威徳が天下諸侯に認められつつある。

生来のカリスマ性に加え実績がともなえば、武王の天下は磐石、だれも異を唱えることはなくなろう。武王が名実ともに王たる者として君臨する日はそう遠くない。周の安泰の鍵はやはり武王が握っている。そんな矢先に、その武王に倒れられれば周体制は崩壊の殆《あやう》きに瀕する。いや、ほぼ確実に崩壊することになろう。周公旦の頭を兄の生命の心配と同時に現実的な思考が走り抜けた。

武王は高官と医者たちに囲まれて牀《しょう》の上にある。

「旦、参りました」

武王は顔色こそひどく蒼いものの意識は確かだった。

「おお、叔旦よ、お前の見送りに出られず申しわけない……」

周公旦はその武王の顔を一瞥してやや安心した。

（まだ死の影はない）

と判断したからである。

「王よ、魯地赴任のことは少々日延べいたしたくお願い奉ります。まだ政局多難のとき、どうかわたくしを兄上の手足がわりとおもいこき使ってくだされよ」

「そうしてくれるか。お前が言い出さなかったら、わしが頼んでおったところだ。既にすぐれた股肱《ここう》の臣は多いものの、大務をあずけるとなるとまだ心許無かったのだ」

武王は、頼む、と言った。周公旦は謹んで受けた。

周公旦が医者団に問うたところによると、武王の病の原因はやはり過労であろうとのことであった。

「滋養をとり、休養安静を第一にいたしますれば、必ず御快癒いたしましょう」

とまことに平凡な処置法しかなかった。

（それだけでは足りぬ）

と周公旦は感じていた。

（唯一の方法は、兄上を心からお休めすることであるが、それは出来ないはなしだ）

周公旦は病の真因を、武王が王であるというその点にあると見た。王の重責が武王を病ませているのである、と。

しかし武王が王であることをやめたらたちまちのうちに周はその凝集力を失ってしまう。せめて武王の長子が成人するまで厳然としていていただきたい。肝腎の武王の嫡男は先々月に生まれたばかり、まだ乳飲み児である。


武王は少なくとも誠実で責任感の強い人であった。殷との戦いが終わっても、一日たりとて休むことをしなかった。日々、国事に奔走し、国策に頭を悩ましているふうであった。周にはまだ正式な官制も整っていなかったし、最も肝腎な礼が不備であった。

今の周は、発展途上国がごく短期間で先進国に変身しようとするようなもので、旧制から脱皮するにおそろしい困難と苦痛がある。武王は一人でそれを背負わねばならないといった気負いの過ぎる心境であった。周公旦は折りにふれ休養をとることを勧めていたが、その責任感ゆえ身体のほうがじっとしていなかった。

そのうち武王は深刻な不眠症をわずらうようになった。案じた周公旦が武王のもとにゆくと、その口から出る言葉は常に周国への憂慮ばかりであった。

「お前だから打ち明けよう。何故、商が滅んだのか、わしはそれを考えるのだ。商の轍を踏んではならん。わしが聞くに天が殷人の祭祀をうけなくなったのはまだわしもお前も生まれる前のことで、六十年もの時が過ぎている。その間、郊外に害獣が横行し、田には害虫が満ち、作物は荒らされ民は泣く一方だった。天が殷人の祭祀をうけなかったから、このような惨状となり、いまわが周が革《おこ》って王業を成し遂げることになった。しかしだ、昔、天が殷を建国させたときには、王は三百六十人もの賢者を登用したのだ。しかしその後は堕落腐敗すること天の赦さざるところとなった。わしはそのような殷を滅ぼして周を建てたのだが、内情は殷の建国のときにもまだ及ばないとおもう。わしはまだとうてい天命を保定しておらん。眠っているひまなどないのだろう」

「論語」によれば武王は、

『予に乱臣十人有り』

と云ったという。乱には両訓があり、この場合は、おさめる、とよむ。十人とは、周公旦、太公望呂尚、召公奭、畢公、栄公、太顛《たいてん》、閎夭《こうよう》、散宜《さんぎ》生《せい》、南宮括《なんきゅうかつ》、太姒《たいじ》とされる。

また別の夜に周公旦が呼ばれて訪れると、武王は政策に悩んでおり、

「天室をおきたい」

と言い出した。

「天室に拠り、日夜わが事業と徳を四方に明らかにしたい」

天室を設けるとは、天も認める都を造営するということである。

「安眠を得るのはそれからのことだ」

新しい都をつくる。つくり、四方を撫慰し、よき政治をとることが武王の不安や孤独を癒してくれると思ったらしい。

場所の選定は重要である。周公旦は諮問に答え、様々な地理の知識を提示した。最有力の候補がしぼられた。雒《らく》である。

「なるほど、察するにそここそは天室というべき地である」

占卜して吉兆を得たのですぐに武王は雒邑《らくゆう》(のちの洛陽)におもむき、豪勢な都を建設した。

武王は雒邑に遷都した。したのだがこの地に居していると、天下の情勢に眼の届かないことが多く、落ち着かない思いをすることが多かった。武王は早々と鎬京に帰り、豊邑との間を行き来する従来の生活に戻った。

武王は殷を倒した後、この世の春を謳歌したのではなかった。天下人の心境を満喫するひまもなかったろう。ひたすら働き、心労のうちに過ごしてきたのである。このような誠実さが武王の美質であり、後世に聖王の名を与えられても羞ずかしくないものである。だが意地悪く見れば、その点で武王は王の器に欠けていたとも言える。

頭領、王たるものはもっとどっしりと大胆に構えているべきであり、それが群臣や人民に安定感を与えるものなのだ。生真面目であることは悪いことではない。だが武王のような立場の人がそうであることは、独り悶々として神経を削る、になりかねない。

周公旦は、この武王の患を除くには、誰かが武王の重荷を背負ってやるしかないと悟っている。武王の肩にずっしりとかかる重責を今の半分でいい、減らして誰かが負って、軽くしてやらねばならないのである。

（わたしの他にはいまい）

周公旦は、気重くひとりごちた。どうすれば摩擦なく荷を背負い替われるかもひとえに問題である。

武王の病はなお癒《い》えない。各地の諸侯はその病状を息を殺すように見守っていよう。見舞いのため諸侯は続々と鎬京に集まりつつある。

文王以来の重臣、散宜生は、

「王の恢復《かいふく》を期して祭祀すべきである」

と提案をして、その準備に入っている。その礼は武王の替わりとなるべき生命を宗廟に、また天に捧げることである。数百人を殺して生贄とする。しかるべき処置であった。

「わが老骨が王の生命と替わることができようなら、いつでも死にましょう」

自らも死ぬ気であった。巫祝を集め、平癒祈願の礼を行おうとした。

牛馬豚羊、捧げるべき贄はあるが、もっとも重大なときは人を殺した。殷でもそうであったし、西岐でも行われることがあった。奴隷を殺し、また志願者を殺して祭る。

天下の緊急時に太公望呂尚や召公奭も駆けつけてきている。当時の当然の風習として急ぎ亀卜することを提言したとき、呂尚は以前とは違い異議を挟まなかった。しずかに異を唱えたのは周公旦であった。

「宗廟にて卜せば、祖霊をいたずらに憂慮させることになる。鬼神を騒がし悲しませてはなりません」

周公旦は武王の病因、病状を宮医よりもよく把握していた。まだ武王は危篤には遠く、生きる力がある、と。

亀卜などして凶と出ることにでもなれば、疾がかえって固定してしまい、取り返しが付かなくなる。周は殷ではない。吉が出るまで何度もやり直させるような亀卜は周はしないのである。

また、

『未だ以て我が先王に戚《ちかづ》くべからず』

とも云った。武王にはまだ先君たちのもとへおいでいただくわけにはいかぬ、ということだ。

「それに、天はもはや百姓の牲など享《う》けないでしょう」

と言った。

「それではどうしろというのです。叔旦は礼をないがしろになさるか」

と散宜生や召公奭は問うた。

「亀卜はいたします。しかしそれは後のことにする。天が聞き届けたかどうかを知るためにするのがよいのです。よろしいか、殷は祭祀や厄払いのために大量の人を屠殺しましたが、果たしてなんの効果もなかった。天が享けなかったからです。天はもはやそのようなことを望んでおらぬということです。殷の命は周に易《か》わったのです。ゆえに周はそのようなやり方を易えねばなりません」

「それは」

「天意革《あらた》まれば、礼も当然のこと、易わるべきなのです」

「それでは叔旦はいかなる供犠《くぎ》もて、天に供するというのか」

太公望呂尚は不審そうに訊いた。

周公旦は、

（わたしも身を以ってそれを探し求めているのだ）

と答える代わりに、思慮深く言葉を選んで言った。

「周のとるべき礼。それについてはこれから定めるべきもの。古礼に淫するはその外にある」

そして、

「一同よ、わたしにお任せ願えないか。いかにすれば天の意にかなうか、まずは誰かがそれを思い知らねばならぬ。わたしが王に替わることを行ってみたい。わたしのやり方が天意に沿わず、間違っており、わたしが死して後もなお王が起きぬときは、散宜生どの、あなたと連れ立つ数百の生命を捧げればよろしかろう」

と言った。

「叔旦は礼を易えようとなさるのか」

「いえ。今、天が求むるもの、天意に沿おうと願うだけです」

と周公旦は言い、重臣たちは議して後、一任することにした。

重臣たちは文王にあって武王に欠けていたもの、即ち、深く礼を究める力と賢者たる威が周公旦に備わっていることを見ていた。多くの血縁の内、武王を除けば周公旦が最も先君文王に似ているとも思う。西伯こと文王も多くの旧弊を廃し、礼を改めることを恐れない人であった。

「その文王の志ありて、天は周に命をくだしたのであった」

周公旦が何を考えているにせよ、任せてみようということで一致した。

太公望も召公奭も、

（こうなれば、姫姓の家の問題であろう。あえて口をはさまず叔旦の仕様を見るか）

とするしかなかった。

周公旦は自ら病気平癒の祈禱を執り行うつもりである。おそらく新しい試みとなるだろう。

「同姓にて血の濃いわが身が替わるほうが他姓の数百に勝る」

太史、卜官といった宮廷に定着して、礼官となっている巫祝たちに告げた。

多数の犠牲を出す祭祀は止めたが、目に見える形で礼は行われねばならない。群臣や人民に示して落ち着かせるといった政治的な必要性もある。が、一方で周公旦は自らの主導する巫のわざに自信がなくもなかった。

(わたしに為せという声がした)

周公旦は武王の病床を見舞って後、斎戒沐浴して、廟前に坐す数日を過ごしていた。その時、何か不思議な声が語りかけるのを聞き、力が満ちるのが分かった。

(地に在《いま》す后稷の声か)

とも思う。別に奇妙とは思わなかった。そういうものである、と思っている。

周公旦は少年の時より父文王や史官、果ては土地の巫祝から礼や占卜を学んできた。姫姓の祖である后稷のように農にも関心を示している。植物の管理神であった后稷は本来は地の力を操る者であった。植物は地に育まれ、天に伸びるものである。農の礼は大地の力を盛んにしようとするものであり、その本義は生命力そのものなのである。その力は地底に在る。

周公旦はこのたびはわが身を天に捧げるのではなく、地に捧ぐべきと感じていた。話をつける相手は天ではなく、地にいる。

これまでの礼をひきずっていてはそれを全うできない。旧礼の儀式を下敷きにしてはいるが、その意識は微妙に異なるものだった。

(周の礼は、このように生成発展してゆくべきなのだ)

周公旦は意図しつつ、礼の改編を志していたと言える。政治家でありかつシャーマンである。古の聖人聖王の多くがそうであったように、である。

武王平癒のための礼を催す日が来た。鎬京の南の郊外に、王族、直臣たちが遠く見守る中、周公旦は洗髪したての髪をそのままに垂らし、髷を結ばず、純白の礼服を着て典礼官数人を従えている。髷を結わぬは巫祝の姿である。

そして一人祭地の壇へ向かった。ときに強い風が吹き、白い衣をはばたかせ舞い上がる鳩のようにした。周公旦は意に介することなくほとんど目を閉じたまま颯爽とたたずんだ。

次第はすべて周公旦が決めた。周公旦は前日に自ら地を掃き清めておき、そこに盛り土して壇を築かせておいた。

『周公乃ち是において自ら以て質と為し、三壇を設く。周公北面して立ち、璧を戴き、圭を秉《と》る』

周公旦は四壇を設けた。三壇は先の三祖に呼びかけて告げるためである。三人とは太《たい》王《おう》、王季《おうき》、文王の三代である。周公旦は自らを贄ではなく質とした。「書経」では質の字ではなく功の字が使われている。

『自ら以て功と為す』

と読むなら、武王への延命祈禱を自らの義務であるとした、となる。こちらのほうが周公旦の意思に近かった。

周公旦は三壇の南に設けた一壇に上り、その上に北面して立った。璧を頭上にいただき、先の三王の壇に向かって捧げた。圭はわが手に捧げ持ったままであった。璧と圭はどちらも同じく宝玉である。璧は平たいリング状をしたものであり、圭は多角形の角柱状のものである。武器にも使えそうな玉である。この時の圭は九寸であったという。

周公旦は圭を両手に持ち、捧げつつ膝をついた。無言のまま三王に祈り、告げている。その時周公旦は動作をした。圭を左手だけに持ち、右手は掌を大きく広げ張ったまま頭上から地へ、ゆっくりと振り降ろした。三回。また圭を持ち替えて、左手にて三回、天地を劈《き》るがごとき動作を行った。それを三王の壇に向けて各々行った。誰も見たことのない舞の作法であった。遠くにいる群臣にはそれは鶴が舞うように見えていた。後に型がとられ楽曲が付けられ文王の舞と呼ばれるものになる。

周公旦は既に先王らに申し上げる文章をつくっており、それを史官に読み上げさせた。

祝させたのである。

『惟《こ》れ爾《なんじ》の元孫某《げんそんぼう》、厲虐《れいぎゃく》の疾《しつ》に遭う。若《も》し爾三王《なんじさんおう》、是れ丕子《ひし》の責め天にあらば、旦を以て某が身に代えよ』

元孫某は武王のことである。名を忌んで敢えて呼ばない。

「あなたたちの嫡流の孫ははげしい病に苦しんでいる。もしあなたがた三王が、天に責任あるをもって武王を召そうとするのなら、あなたがたは子孫を守護する責任もあろう。だから申し上げる。この旦の身をもって王に代えていただきたい」

自分の生命などいくらでも差し上げますゆえ、それを使って武王を癒させたまえ、と祈った。

周公旦はいまや深い瞑想状態に居り、何も見ず、何も聞かなかった。閉じた目を使って三王を捜していた。周公旦の視力は深い地下まで測り、三王の鬼神の存在感を探索している。祝文を聞き届かせるには、その鬼神がここに在《いま》さねばならぬ。先に地を劈《き》るような動作をしたのも振り付けではなく、地中の土や岩石を斥けて、祖先を探すために無意識にしたことであった。本当に鬼神を呼び招くこと、これが重要なのである。鬼神を無視したような、不遜に扱うような礼は、礼ではない。殷の崩壊はそれを告げるものであった。故にこれから礼は易わってゆくのだ。

周公旦が内に地中に視力を放っているその時、外見、その姿は周公旦は地に向かって招き、さらうような引っ張るような動作をしている。内側では三王の所在を発見したからであった。

(ああ在せられたか)

周公旦はその存在感たちに向かって呼びかけた。

(どうかわが祈りを聞き届けたまえ。ひととき三壇に駐留してくだされよ)

さらに勧誘すると三王の鬼神はそれぞれの壇に存在感を入れていった。

(聞き届けくださったか。ありがたい)

外見では周公旦は合掌しつつ稽首しているところであった。

祝禱は続いている。

『予、仁にして考に若《したが》うの能あり。多材多芸なれば、能《よ》く鬼神に事《つか》う。乃の元孫は旦の多材多芸に若《し》かず、鬼神に事《つか》うること能《あた》わざるもの』

「わたくし旦は、仁心あり、父上によく従うことができます。多芸多才でありますれば、鬼神によく仕えて退屈させることがないでしょう。ですがわが兄発ではわたしの芸におよびませぬ。兄上ではあなたがたに満足に仕えることが出来ません。わたしをそちらへゆかせなさるほうが面白かろうと存じます」

周公旦はこの祈禱文をつくりながら、苦笑しつつ病床の兄に謝っていたろう。

周公旦は稽首したまま微動だにしなくなった。三王が三壇にいるのである。ひたすら自己宣伝してまでも、武王に代えられるよう祈った。

「兄上は天室を作り天命を受けて王となり、刻苦勉励して四方の民を教え祐助しております。それによってあなたがたの子孫を大地に安定させ、四方の民も兄上を畏敬しないものがありません。このようなことはわたくし旦も他の同胞にもよく出来ることではありません。あなたがたが今、兄上を召そうとする。それは誤りであり、周に下った天命を失墜させぬようにいたしてくださらねばなりませぬ。かくすれば始祖后稷以来の御かたがたも、その安らぐよすがとなる拠点を失うことがないでしょう」

と祈る。

「今、武王が死ねば、あなたがたも絶えるのですぞ」

と言っているわけだが、やや脅すに近い言い様である。

鬼神や天地と接するにはただ供物をそなえ、祈り、祟りなきことを願い、あるいは使役するだけではならない。それはもはや時代遅れなのである。目に見えない力たちを畏れ、恭しく敬して接するは当り前だが、鬼神を相手に互角に取り引きし、渡り合うだけの知識と度胸も必要である。それは政治にもかかわる力である。周の礼はそのようにしてゆかねばならない。周公旦の礼改編の目指すべき目標はまずそこになるだろう。

周公旦は心を深く深く潜めたままなお祈っている。

(申し上げたきことはそれだけです)

三王の壇からは人間のそれとはやや違うが、閉口したような感触が漂ってくる。

（さてわたくしは今からそこの大亀の甲羅を使って、あなたがたの御意向を皆の眼に分かるようにしたいと思います。あなたがたがわが願いを聞き届け下さるなら、わたくしは璧圭を持ち帰り、兄上の生命を保証するという吉兆を待ちましょう。しかしお許し願えなかった場合には、わたしは鬼神に事《つか》えることが出来なかったということになりますゆえ、わたしの生命とともに宝玉をしまいこむだけにございます）

一般に古代世界では宝石、宝玉は神や霊が大変好む物とされ、依代《よりしろ》であったり、重要な呪具として扱われている。

（いささか、あざといか）

と周公旦も反省したが、それだけこちらも必死だということは向こうにも伝わっていよう。

周公旦が深い瞑想の沈潜から浮上しようとすると、文王の在《あ》る壇に呼び止められたような気がした。下方を振り向くと文王の鬼神が在った。

（父上）

言葉はなかった。ただ文王が首を左右にしたように見えた。辛そうな表情をしていたように見える。周公旦はそれだけで意を察することが出来た。

（このたびはともかく、いずれにせよ兄上の寿命は長くはない）

ということだった。

周公旦は浮上を続け、瞑想状態を脱した。その途端に跪《ひざまず》いていた姿勢が崩れて、仰向けに倒れてしまった。呼吸が荒く、咳き込むようだった。比喩ではなく、素潜りして水中から浮上した人のそれに酷似していた。

侍していた典礼の官たちはごくりと唾を飲み込んだ。さすがに周公旦が何か異業を行ってきたことを察していた。倒れた周公旦は、ゆっくりと手をつき、身を起こしていった。立ち上がろうとして、壇の縁に足を滑らし、ごろごろと転落した。

「叔旦様」

と史官や貞人たちが駆け寄ってきた。

「わたしは大丈夫だ。それより亀卜の用意を始めよ。三王のこたえを聞くのだ」

と言って、ふう、と息をついた。そしてまた壇に上りなおし、三王の壇へ北面した。

亀卜のときには重臣たちも壇のそばに近寄ることを許された。四つの壇の囲いの中に三つの焚火をつくり、二人掛かりで持たねばならぬような巨大な亀甲をその上にかざして焙るのを間近に見ることが出来た。甲羅は三つあり、それぞれ三王の意をあらわす。

亀甲の占いは、あらかじめ亀の甲羅に溝を彫ったものを用意して、それを火上に焼き、また燃える薪を押しつけてする。問いたい事項を直接彫り込むことも行われる。甲羅は熱せられてバクッという音とともにひび割れる。そのひび割れ方を見て吉凶を判断する。

三人の熟練した貞人が息をつめて亀甲が破裂する瞬間を待った。

一枚が大音を発して割れた。連鎖するように残り二枚も割れた。焼け焦げかけた亀甲は火から離され、掃き清められた地上に置かれた。三人の貞人は担当する一枚をじっくりと睨みつけ始めた。亀甲が割れたとき、どのように割れれば凶か吉なのか、判別しがたいものがある。判定法は代々の卜官の家に門外不出として伝えられている。問うべき事項、今回は、

「武王の疾は癒《い》えるか」

であるが、それはあえて彫り込んでいなかった。周公旦が敢えてさらの亀甲にて行うよう命じていた。貞人は大きく植物の根状に割れた形状を注視していた。

周公旦は壇上に立ち、その様子を見つめていた。亀卜などは、ことに質問を彫り込まぬ卜は、いかようにも解釈出来るものだ。吉凶などはどうでもよかった。卜官がわざと不吉なことを言うはずがない。

（すでにわたしは三王に貞《と》うて答えを得ている）

周公旦はそう思いつつ見下ろしていた。

やがて、

「吉にござる」

という声があがった。

「こちらも吉と判ずる」

「わたくしめも吉といたします」

三枚とも吉の判定であった。

周公旦は、

「占兆の箱をもて」

と命じた。これは先だって周公旦が卜筮して出た結果をあえて吉凶の判断をせずに書いておいた竹冊を蔵しておいたものである。つまり予占の入った箱である。三王の亀卜があるのなら、もう一つの壇、周公旦が立った壇のための占卜があってしかるべきであった。

その箱が開かれ、竹冊が周公旦に渡された。暦の日にちと筮竹を分けた回数、分けて残った本数など、ほとんど数字だけが書かれたものである。周公旦は「かくあれ、かくなせ」の占卜を減らしていく意向であったから、判断をつけずに隠しておいたのである。

周公旦はそれを読みつつ頭の中で占筮を再現させた。目を閉じる。

(凶か、いやそうとも言い切れない)

不思議に割り切れない結果であった。

(兄上はしばらくは生きるということだろうが、凶であれば兄上が死に、わたしは生き残る。が、この結果は必ずしも凶ではない。吉ならば兄上は生き、わたしは死ぬのだ

が）

数字は、保留の曖昧さを示していた。周公旦は卜筮の法も改良する必要があると一瞬思った。

しかし、皆に言うべきことは決まっている。周公旦は喜色を満面にして、

「予占の書も凶ではない」

と叫んだ。

「このしるしをみれば王の健在なることあきらかである。先刻、わたしはあらたに三王から命をうけた。王は末長くこの国をおさめるだろう。三王の鬼神はそのはかりごとが全うされることを守護しよう。天がわが王に天子たることをよく心がけるよう期待しているからである」

周公旦がそう言うと、一同をなんともいいようのない安堵が包んだ。

が、周公旦はその予占の書を誰にも見せようとはしなかった。喜ぶ人々の間を縫い急いで祝禱の文とともに金縢《きんとう》（金の帯で縛った匱《はこ》）に入れるとしっかりと閉じた。府庫の番人たる史官らに、

「この金縢のこと、奥深く隠して決して他言すまいぞ」

と念を押して、宮廷の庫の中、見つかりがたい片隅に収蔵させてしまったのであった。

翌日、武王の容態は良化した。周公旦の祈禱のことを伝え聞いて、精神的に楽になったせいかも知れない。血色もみるみるよくなり数日後には床を離れた。そして重臣家族が止めるのも聞かず、政務にまた没頭し始めた。何事も自分で見なければ気が済まないたちの王であった。

周公旦はこの件により、これまで以上に重く見られるようになり、また恐れられるようになった。三王の鬼神と通じ、結局、身代わりになることなく武王を平癒させたからである。徳というべきである。それでも周公旦は決して威張りもせず、おそろしげな男でもなかったから、今まで周公旦になじまなかった者たちの尊敬も受けるようになった。人々が気付かなかったのは周公旦の表情が常より明るくもなかったことである。

周公旦は妻と次男にだけ、こう漏らした。

「兄上はまた自らを政務多忙の中においておられる。止《とど》めてもお聞きにならぬ」

つらそうに、わたしではやはり肩代わりできぬのだろう、と言った。

「兄上は長くない」

周公旦は既に武王亡きあとのことを考えて策さねばならなくなった。人に気付かれないように手を打ち始めていた。

五

武王発《はっ》が崩御した。

武王の十三年目のことである。享年不明。正確な歿年も不明である。前一一〇〇年頃とされている。その死は急であったため、再び平癒祈禱を行うひまもなかった。

盛大な喪礼が執り行われる中、周公旦は、これで天下のバランスが一挙に崩れてしまったと思った。武王が、周公旦の意見をほぼ全面的に取り入れて、封侯し、官職人事を定めていたが、この配置人事はあくまで武王が中心にいてこそ定まるものであった。武王は周の礎を築きつつある途上で、早々と逝ってしまった。

周の国礎はまだ半分も完成していない。現時点での周の支配領域は、多目に見積っても中夏の三分の二を占めるかどうかである。周の領国全土に大小なんらかの火種が存在している。紛争に紛争が重なり、果てしない乱戦時代に突入する可能性は高いというしかない。

武王の嫡男である太子誦《よう》、後に諡して成王と称される、はまだ襁褓《むつき》の中にあった。武王が側室に生ませた姫虞《きぐ》(唐叔)も似たようなものだった。幼児である成王を即位させるのなら後見人が必要であった。摂政を立てねばいたしかたない。

宮廷にいた人々はまずもって周公旦を推挙した。その日常の態度、発言、行動を見るに、成王を補佐すべき人材は他に見つからない。しかも周公旦はなんといっても王族である。散宜生や南宮括がその位にあるよりは角が立つまい。さらに召公奭もその任を望まれている。周公旦と召公奭、この二人が各々補い合って成王をもり立ててもらいたいと期待された。だが召公奭は周公旦とちがい周都に常駐するわけにはいかなかった。周公旦は太師、召公奭は太保という職についた。

申し入れられた時、周公旦は当然の如く三度辞去したが、兄嫁、つまり武王の后にも説かれるに至り、

「謹んでうけまする」

と、まだ言葉もよく分からない、ただ坐してにこにこしている幼児にうやうやしく頭を下げた。

周公旦は、三度辞去してみせてはいたが、それは礼である。

（自分がやることになろう）

とは武王の死を直感した、先年の平癒祈禱のときから分かっていたのである。

（周が起《お》きるか、弊《つい》えるか。わたしの肩にかかっているのだ）

武王の負担を肩代わりせねばと礼を執り行った周公旦ではあったが、これほど早く、肩代わりどころかほとんど全責任を負うことになるとは思っていなかった。胸中にある

のは権力欲とか、権能を摑む喜びなどではない。おそるべき重圧である。

（このわたしが、名代とはいえ、皆の前に南面することになるのか）

周公旦ならぬ周王旦、と、陰口を叩かれるのが既に耳に聞こえるようである。しかし成王に判断能力が備わるまで、摂政とはいえ、周公旦は事実上の周王たらざるを得ないのである。

成王はようやく片言を覚え、周公旦に、

「おぢうえ、おぢうえ」

となついてくる。亡き武王の面影があり、可愛いさかりである。だが、その身は重々しくも王であって、中夏のあるじなのである。

（幼児の身を守り、教え育てるのは、おとなとして当然のことである）

と自らに言い聞かせた。

「諸侯の非難の矢面に立つだけなら、いくらでもかまわないのだが、さて……」

周公旦はもの思った。

武王の喪中は廟前に数時間も坐してみじろぎもせぬことが多かった。目を閉じた周公旦の眼前には周の領地、その地の要人の全図が、常に留まることなく蠢《うごめ》きながら浮かび上がっている。あまりに注視すると暈《めまい》を起こしそうになる。

（ほつれだらけの帛《はく》である。書いてある字も読み取りにくい）

ただまずすべきことだけは分かった。

（わが兄、管公（管叔鮮）と、それにあの方であろう）

あの方とは、言うまでもない、太公望呂尚のことである。

（経《たていと》さえしっかり括《くく》り直すなら、緯《よこいと》はなんとかなるはずだ）

と周公旦は期待した。


武王の葬儀の帰途、太公望呂尚は車上、しばらくこわい顔をしていた。息子の呂伋《りよきゆう》は、父は武王を失ったことをひどく悼んでいるのだと思い、そっとしておいた。

息子は甘すぎた。呂尚は感傷にひたり込むような男ではない。その頭脳は殷の討伐の時以来、いやそれ以上の速度をもって回転していた。

「烹《に》られずに済んだが。いやもっと厳しい目に会うかも知れん。いい年だというのに」

とこぼしたが、呂伋は意味が分からぬという顔をした。真意を口に出したら、呂伋は腰を抜かしていたに違いない。

（天はこの老骨に天下を獲れというておる）

呂尚は文王への恩義、武王への忠義などに引っ掛かり、情に流されてしまうような臣ではなかった。

（わが領土、わが一族を守るには、わしが天下を獲るしかあるまい）

逐鹿の野心とも少し異なる。仕方がない。仕方がないから腰をあげるか。この鬼謀の老人はその老いてなお卓抜なる頭脳から、ただ結論を出したに過ぎぬ。

（ああ、武王さえ生きていておられれば、このような事を謀る余命を持たずに済んだものを。晩節を汚すような恥をかくことになるやも知れぬ）

という嘆きがあるのは本心ではある。だが、

「周は武王とともに天命を失った」

と冷徹に判断を下している。

周公旦の原案に従って配置された諸侯勢力地図は、武王さえ生きていれば、ほぼ完璧な出来なのである。しかしその弱点は、武王が極端な軸であることである。建国創業直後の周としては、そのように武王の重さを使うしかなかった。

武王の崩御は早過ぎるものであった。国家創業の者として、死者を鞭打つようだが、失格というしかない。今、武王が死ぬことは天下を混乱と戦火の中に叩き込むことになるだけなのである。それは民衆を殷王朝末期の暴虐よりも虐することになるかも知れぬ。

武王を軸とすれば、周は起きてからまだ十年を越したばかりの国なのである。創業の者がその基盤を次代の守成《しゅせい》の者に託すことなく死ぬことは、かりに国は保ち得たとしても、ただその手功《しゅこう》を引ったくられ、形ばかりに祭られることになるだけだ。自分の血筋の者が残らねば、政治の偉業も次代の権力者にその業績のほとんどを奪われてしまうこ

とになろう。歴史から武王の名が消えるか、非常に薄くなることを意味する。

太公望呂尚の目の前にも周という、今や破れかかった観のあるあやうい図面があった。

呂尚はそれを読む。

図面の中心には武王に替わって周公旦がいるが、呂尚の読むところ、あまりにもウエイトが軽過ぎる。武王のリリーフはとうてい務まらないと思われる。

(その軽さから火の手があがってゆくだろう)

まずは武王の血縁者である。十五人の封侯のうち、最重要の地に拠して要職にある者は七人。これらが周公旦に顔をそむけたらどうなるか。

また文王、武王の外戚として、要地に拠し、要職にある者、十数を越える。これらは成王が王位にあり、後見人の周公旦がおとなしく言われるがままに動くなら、不満を押さえるであろう。だが一度でも周公旦が政策に出しゃばり、人事に手をつけようなどとしたら、途端にとげとげしく動き出すだろう。そうなった場合、周公旦を立てるのに積極的であった散宜生や南宮括らも支え切れるものではない。

周王家の婚姻は有力勢力、周辺に点在する諸部族などと複雑に絡み合って成っている。それぞれの思惑や利害関係までを公平に、ときには強硬に処理してゆくには文王の徳、武王の威が必要なのであった。呂尚は周公旦の優等生的な政治では、その十分の一もまとめることが出来ないと踏んでいる。必ずや紛争が起こり、火の粉は呂尚の東海、斉まで飛んでくる。

さらに未だに周にまつろわぬ勢力は多々ある。殷の末期にその国力をおおいに消耗させた人方などの夷蛮の諸族は健在であり、周に内乱あらば応じて乗り出してこよう。そのうち最大のものは淮水流域から荊楚《けいそ》に蟠踞する氏族であろう。かれらは、殷、周と中央に集権国家が生まれ、それに臣従する形となっているとしても、自らの族長を王と呼ぶような連中であり、その力を鑑《かんが》みれば十分に独立国家の体を為している。あなどれないというより、早々に倒すか、足腰立たなくなるまで弱体化させておかねばならない相手である。淮夷《わいい》荊楚の部族連合を骨抜きにすることは武王がやり残した仕事の中で最優先事項に属する。

また文王のときに周についたが、あくまで反殷という利害の一致で結び付いた勢力も多く、武王を欠いたことでいつ離反されてもおかしくない。羌族、蜀族、また召公奭の一族である召方などが周王家と床に同じ夢を見ているかと言えば、それは甘すぎるというものだ。

呂尚が見るところ、周公旦体制は脆《もろ》いうえにあちこちに爆弾を抱えており、余命いくばくもないのである。周の軍事力も未だに殷を討伐した際の連合勢力が主体であり、それに呂尚も含まれているのだが、周公旦が純粋に動かせる勢力は西岐の農兵くらいのものである。またその兵力も王家の兄弟、親戚に分配されているとなれば、姫姓の本家には武力無きに等しいのである。周公旦は呂尚や召公奭の力を借りねば、反乱鎮圧ひとつ出来ないと言えよう。

周の王家内のいがみ合いが、紛争となり、それがすきをつくり周囲を巻き込み、夷狄《いてき》戎蛮《じゅうばん》の勢力が暴動すれば中原は大戦乱の地獄と化そう。当然、呂尚が晩年を穏やかに過ごすつもりであった斉の地もただでは済まなくなる。

（わしが天下を制して、災厄を未然に起こさせぬようにする）

それしかない、と呂尚は思う。そして、

（それが出来るのはわしだけだ）

最悪の事態をふせぐことは周公旦にも、一大勢力を誇る召公奭にも難しいであろう。出来るのは自分だけだという自信は、呂尚が殷を倒した後、既に捨ててしまった魔性をくすぐるものがある。呂尚は内心のそれに気付き、こたび立つのは中夏が地獄絵図となるのを防ぐため、と自らの胸腹に言い聞かせねばならなかった。おのれの天才を誇示し、わが為に存分に振るおうとする。快いものであろう。

だが私心にて行うならば害悪となる。そういう廉恥心、制御心はまだ呂尚にはある。

（まずは、そうだな）

呂尚は頭の中の図面を見ながら考える。周王家の抱える火種を使って、うまくただしてゆこう。一度、大きな膿出しをしておけば、後々周王家を整理するときに容易になる。

周公旦には気の毒だが、これで失脚させ、周を崩壊寸前にまで追い込んでしまうことになるだろう。やむをえない。最小の犠牲で、中夏の大乱を防ぐ為の韜略《とうりゃく》なのである。

（まずは、あれか。禄父と管叔鮮、三監のともがらだろう）

そして呂尚は周王家の抱える最も厄介な火種について、家臣の武吉《ぶきち》に策を授け、工作を開始することにした。

太公望呂尚、この軍略謀略の魔人は未だ衰えること無く、その才能を再びふるうべく覚醒寸前であった。

宮廷にある家臣たちには、ここは周公旦を後見人に立てるが最良と思われたろうが、外部では必ずしもそうではない。

ことに武王の兄弟たちは心安くなかった。文王の子で封じられた者十五人という。その半分は周公旦の摂政に反感を抱いていた。

「なぜわしがあのすまし屋の言うことをきかねばならん」

兄弟中、最も忿懣《ふんまん》を昂《こう》じさせたのは、周公旦の一つうえの兄、管叔鮮であった。武王のすぐ下の実弟、叔鮮は管（いまの河南省）地に封じられたので、管叔鮮と呼ばれる。

「王はまだ赤子ぞ。あれでは叔旦が王とかわりない」

自分もさきの時点では、周公旦が摂政となることに一応賛成していた。だが不満が日に日に大きくなっている。管叔鮮は、

「どうしてくれよう」

としばしば周囲の者にあたり散らすのだが、だからといって実際に何かするかとなると、何もしない。管叔鮮は決して無能ではない。まあ有能の人材であるのだが、おのれと周公旦の立場の違いに話が及ぶと途端に不平不満の固まりとなってしまう。周公旦の兄であるということは、当然、自分には摂政となる資格がある。さらに言えば成王が誕生していなかったり、今後、成王の身に何かあれば自分が王位に就く可能性も大なのである。

少なくとも自分が周公旦の風下に立ってよいわけがないと思っている。

そんな時に東方から使者が訪れた。その名を決して出すことはなかったが、使者は言葉のはしばしに背後に師尚父太公望が控えていることを匂わせた。

「管公どののご不満、わがあるじはよく察しておられ、時折り、不憫なり、と漏らしておられます」

とは言うが、あるじの名は絶対に出さないのである。

「管公どの、ここからの話はあなたがわたし、ひいてはわがあるじを信じてもらわねば、一言たりと継ぐことあいならぬ」

それは周公旦体制の打倒、その秘謀なのである。

「いかに、管公どの」

管叔鮮は、

（背後に師尚父がおられるのなら、決して負ける博打にならぬ）

と思い、

「先刻承知である。そのお言葉とやらをうかがいたい」

と言った。

「信用いただけて幸いにござる。わがあるじはあなたへ援助の手を差しのべること慈父のようにござろう」

そして管叔鮮に秘策を授けた。

それはこうである。殷の唯一の直系である武庚禄父を神輿に担いで、兵を起こすことである。殷の遺民は数多く、各地に点在しており、その勢力たるやかなりのものがある。かれらは武王に攻められたとき、戈を倒《さかし》まにして無抵抗を通してしまった。紂王の暴虐は目に余るものがあり、救いようがなかったからである。かといって周に完全に投降したとは思っていない。げんに聖王の王子たる禄父が健在である。

殷人は今や亡国の民として、またあるじを見殺しにした国民として、各地で差別を受けている。もしいま新しいあるじのもとに殷王朝が再興するのなら、何を措いても馳せ参じたい。多くの殷人はそう思っている。

武庚禄父とて今のおのれの処遇に恥じるところがある。父を殺され、領土を奪われ、周の監視下に置かれて冷や飯を食わされている。このままでいいとは思っていない。左右には強硬な懇臣がいて、禄父に殷の復活を促すことしばしばであり、心に染み込んできていた。武庚禄父が殷再興の兵を挙げれば骨のある殷人はこぞって集まることだろう。それは相当な勢力であり、丸腰に近い周公旦を脅しあげるに十分である。

管叔鮮は禄父の監督監視役を命じられている残り二人の兄弟、蔡叔度《さいしゅくど》、霍叔處《かくしゅくしょ》も引き込んで密謀した。

「そのようにうまく運びますでしょうか」

と霍叔處は、しぶったが、ここまで聞かされてしまったのである。後には引けず、逃げればこの兄弟に殺されよう。

管叔鮮、蔡叔度、霍叔處の通称三監はかくして次第を武庚禄父に告げた。

「周の世をあなた様の世とするわけには参りませんが、殷の宗廟を祭りし大きな領土をわれわれは保証いたします」

禄父は一も二もなく、やる、と返答した。こうして水面下で殷再興の計画が進行し、管、蔡の地には続々と殷人が集まり始めたのである。

太公望の使者らしき男はさらに、

「まずは太師（周公旦）の評判を悪くすることです。流言をほうぼうに放つことをお勧めいたす」

と言った。三監は早速実行した。

太公望呂尚は、武吉に向かって、

「まずは上々だな。これでも十分だがもう一押し、淮夷《わいい》もこれに嚙ませるか」

と言った。淮夷は淮河流域の部族の総称であり、周にまつろわぬ部族団の一つであり、いずれは斉もこれと戦うことになる。淮夷は代々、殷王家と関係が深かったから、別に呂尚が淮夷の酋長に話をつけるまでもない。武庚禄父が誘えば、必ず乗ってくるだろう。

「武庚禄父もわしが助言するまでもなく、淮夷を引き入れておるならば、なかなかの器才といえようが」

武吉は、また謎の使者を出して助言させ、淮夷を誘わせた。叛乱の起きるのは時間の問題であった。

「あとは、武吉よ、これをわしがどう収拾するかだ。わが魔法をとくと見ておれ」

呂尚は気張るでもなく淡々と言った。

武庚と三監の乱が成功すれば、周公旦は倒れ、周体制はがたがたになる。天下の万民が騒乱を鎮めてくれるよう祈るようになる。

呂尚はそのときこそ天下安寧の為、正義の為に出陣し武庚禄父ならびに三監を撃滅して、待望されて周都に入るのである。周公旦と同時に殷の遺民のエネルギーを潰すことが出来て、一石二鳥の始末となる。

別に自信過剰の故ではなかったろうが、呂尚はこの策謀に対して周公旦には何の手も打つこと不可能と決めつけているふしがある。ただ彼我の能力および戦力を冷静に分析計算して、事を運んで誤ることはないと思っているだけである。


召公奭は周公旦に乞われてしばらくの間、鎬京に留まっていた。

召公奭は太保という役に任じられ、これを受けている。一応、周公旦と二枚看板の役柄である。幼い成王を相《たす》けるべき職であり、周公旦と二人で成王をよく輔翼《ほよく》することが望まれているわけである。周公旦は太師、召公奭は太保、これで天下は落ち着くであろうと宮廷の者は考えていた。

召公奭は、太保とはいうが実際は地方にいるのであり、多くのことは周公旦が摂行することになる。そういう意味では、あまり力のない役職であり、名誉職、御意見番に近かった。自分の力が重く天下に認められているのは分かるとはいえ、その点いささか不満はある。だが、周公旦を見ているうちにその不満は減じていった。

召公奭の滞留中、周公旦は召公奭を年上の賢者の如く尊重し、政務のことから、卑近なことまでなにくれとなく意見を聞いた。

北燕の地はどのような地勢なのか。

赴任後は主に何をなさっているのか。

経営に必要なことは何であろう。

民を安んじるには。

臣下と接するときの秘訣は。

周公旦は様々なことを問うてきた。召公奭は最初は摂政の諮問《しもん》ゆえ、警戒して堅かったが、周公旦に偉ぶったところなどが微塵もなかったので次第に打ち解けて答えるようになった。それは召公奭が北燕に戻る日まで懇《ねんごろ》に続いた。

召公奭、この生来の長者のような人は、

（太師旦は結局、不安なのだな）

と心中で頷いた。周公旦は今の立場に戸惑い、内心はおそれているのだと理解した。

それはそうであろう。良才と称され、国家経営において実際に実績をあげてはきたが、王家の貴公子に過ぎなかったのだ。それが状況に求められるまま王の後見とされ、政権を持たされてしまった。現政権は確固としたものではない。武王であればある程度は許容されたであろう独裁的な政策決定も、周公旦には許されまい。専制君主たるにはあまりにも力がなく、しがらみが多すぎる。周公旦は廷臣にひたすら良き意見を求めるだけの者とならざるを得ないのだろう。

周の王位にある者は自然と諸侯諸部族の機嫌取り、駆け引きに身を削る立場となる。多数の人間の利害損得が津波のように押し寄せてくる。相手の自分勝手な意見にいちいち耳を貸し、正しく調整調停することは困難至極のことであろう。剝き出しの政治に囲まれてしまったような気分なのであろう。

（無理もない）

たんなる秀才、貴族政治家には荷が重いに違いない。

（文王の子息たちにもそれなりに苦労はあったろうが、われらのように艱難辛苦を舐めてはおらんということだ）

召公奭から見れば、武王も周公旦も修羅場を潜《くぐ》っていない。いくらか潜ったかも知れないが、足りないと思われる。

召公奭の部族は、周と同じ姫姓であるが、西伯侯に任じられた西岐の姫姓とはかなり違った生き方を強いられていた。召公奭の部族は代々中原に定着し暮らしており、西から南までその勢力が分布していた。殷との関係も良好であった時期が短くない。

しかしあるとき殷の圧迫が始まる。殷には「召方」と蔑まれ、居住地に軍隊が差し向けられること十数度に及んだ。召公奭らは殷軍に対し武器も人数も劣り、ためにさんざんに攻め殺されつつ西方へ逃げるように移動することを余儀なくされた。その戦闘と逃避行のなかで召公奭は何度も死線を潜った。

召邦にあっては召公奭も周公旦と似たような立場であって、紂王のときに長となった。「書経」に太保《たいほ》君奭《くんせき》とまで称されるような長である。部族の礼を司る聖職者であったともされ、故に朝歌で武王が即位の礼を行ったとき、贊采《さんさい》の役を割り当てられている。

西方では文王にかくまわれるように受け入れられ、一族郎党臣下の礼をとって仕えることとなった。召公奭は周の為に何度も戦場に出された。救われたとはいえ、同じ姫姓の氏族である周人にこき使われることに反発する者も少なくなかった。

「詩経」「召旻《しょうびん》」の一節、

昔、先王の命を受けしとき
この召公ありて
日に國を辟《ひら》くこと百里なりき

〈むかし文武の命をうけたまいしとき
召公があり
一日に百里もの領国をひろげたり〉

と後にうたわれている。召公奭は、

「われらは土地を追われ一度は滅んだ身であると思え。殷人にひと泡吹かせねば、死ぬにも居心地がわるいというものだ。ここは耐えるが肝要ぞ。いまは唯一殷を倒す可能性のある西伯に賭けるしかあるまい」

と同胞に告げてこれを率いた。殷周革命戦争の三大元勲の一人、召公奭はこんな経歴をもつ人であった。

「詩経」に「甘棠《かんとう》」という詩がある。召族がまだ南にいた頃のものであろう。

蔽市《へいはい》たる甘棠《かんとう》
翦《き》るなかれ　伐《き》るなかれ
召伯の宿りし所

蔽市たる甘棠
翦るなかれ　敗《いため》るなかれ
召伯の憩ひし所

蔽市たる甘棠
翦るなかれ　拜《ぬ》くなかれ

召伯の説《やど》りし所

〈こんもりと茂ったりんごの木
きってはならぬ　きってはならぬぞ
召伯さまが草やどりした所ぞ

こんもりと茂ったりんごの木
きってはならぬ　いためてはならぬぞ
召伯さまが休まれた所ぞ

こんもりと茂ったりんごの木
きってはならぬ　ぬいてはならぬぞ
召伯さまが寝ねました所ぞ〉

甘棠はやまなしである。召伯は異論はあるが召公奭であるとされる。召公奭の徳を慕ううたである。

召公奭は邑にあった甘棠の木を選び、呪術を行ったり、自ら鎮《まつ》ったりしたようだ。都を定めるべく地霊に接触したり、星祭りをすることを宿、説という。その後、その木のもとで召公奭は民草の話を聞いたり、身を休めたりして接し、身近に公平に国を治めたという。故にその木は召公奭の記念樹となり、詩にあるように長く守られることになったというのが伝説である。

周公旦へ世評が悪く、風当りが冷たいことは鎬京滞在のふた月ほどでよく分かった。

（確かに可哀相ではあるな）

たとえば自分や、太公望呂尚が摂政となっていたとしても、同じような目に遭ったはずである。いやもっと風当りは強くなったかも知れない。召公奭であればそのような割に合わぬ仕事は言われる前に断ることが出来たろうが、周公旦の立場では断ることもならなかったはずだ。

召公奭も太公望呂尚と同じく武王の死による天下大乱の可能性は予見している。北燕やその他の地の召族にはそれへの準備も怠りなく命じてある。だが、呂尚とは違い、周へとった判断は正反対であった。同姓であるからか。あるいは常になく心細そうな周公旦にひどく頼られたせいもあろう。

（しばらくは太師旦を立ててやるか。王が政を執れるようになるまでは、これも文王武王への義理である。周をなんとか支えてやることだ。これが大乱を防ぐ近道に違いない）

と同情する気持ちが湧いた。

武王の隣にいた頃の周公旦は常に冠を正し、ぴんと背筋の伸びて、真正面から物を申す堂々たる君子であったが、今、召公奭の前にいるかれにはその君子の威風がどこかに行ってしまっている。

「太師旦よ、われはこれより領地に帰るが、何か手伝えることがあればいつでも言ってくれてよい」

と召公奭は言った。

すると、周公旦は、さっと召公奭の袖を取った。

「太保どの、その言ありがたし。そのお言葉を待っておりました」

召公奭には、一瞬周公旦の面が、待ってました、と言いたげなものに見えた。

「早速、お願いしたき儀がありまする」

「ふむ」

「いささか世間をだますことになりますが、そう難しい頼みではありません」

「なんであろう」

「いえ、太保どの、簡単なことです。あなたはわたしの非を天下に鳴らして欲しいのです。わたしに詰問状を送り付けてください」

「どういうことか」

「世のわたしにたいする評価は、わたしはそれを謹んで受けるべきところですが、わたしが毀讒《きざん》されることは、ひいては幼少の王への毀讒となり、こちらはなおざりにできません。そこでお願いしたいのは、あなたさまから一度、きつくわたしを叱り付けてぐうの音も出ぬようにして戴きたいのです。旦の馬鹿者がついに召公に叱り飛ばされたと。さすれば天下の諸侯は溜飲を下げるでしょう。わたしはそれに対して天に恥じぬ、天下万民にいつわりない言辞にて答えたいと思うのです」

召公奭は興味を抱いた。既に馬車を立てて出発の用意は万端であったが、詳しい話を聞くべく家来に命じて待たせて戻って来なければならなかった。

召公奭の批判状が天下に示されたとき、管叔鮮らの周公旦への讒謗《ざんぼう》流言が、満ち満ちようとした時期と一致している。

『召公保と為り、周公師と為り、成王を相《たす》けて左右と為る。召公説《よろこ》ばず』

召公奭が悦ばなかったのは、周公旦に異志ありということであった。

「成王は既に親政出来る年齢に達している。にもかかわらず太師旦は臣下の礼を取ることもせず、宮廷にとどまって政務を摂行し、政権を手放す気配がない。実に疑わしいことである。太師旦には簒奪《さんだつ》の意図があるのではないか」

要約するとこのような内容の批判状で、かなり激烈な言辞が含まれていた。

実際は成王はまだ三歳にも満たない。親政出来るような年齢には達していないが、言い掛かりなどいくらでも付けられる。

しかし召公奭の批判は周に従う諸侯諸部族のうち、周公旦体制に不満のある者が、周公旦に抱いている感情そのものであった。不満分子を代弁するような書状が、召公奭という大物から出たということが、天下を緊張させたことは言うまでもない。召公奭の堂々とした詰問は、管叔鮮らのちまちました誹謗とはその重みがまったく違っていた。

太保召公奭がこのような批判文を出したからには、ただでは収まるまいと思われ、強い勧告ともとれる。周の政治改革を迫るものである。周公旦が耳を貸さなかった場合、力ずくでも、というニュアンスすらあった。一大事というしかなかった。

太公望呂尚は、召公奭がこのような強硬な声明を出したことにやや驚いていた。

(あの男にしては事を荒立てるわい)

召公奭は長者である。乱も争いも好むところではない。世間を騒がすことになることが明白な書状を発表するものだろうか。

だが召公奭を単なるお人好しとして甘く見てはならない。ああ見えても酸いも甘いも嚙み分けた長者であり戦士なのである。

(召公もよほど叔旦には腹に据えかねているということか。それとも……)

呂尚は検討してみた。

ここに呂尚の抜けがあった。

周公旦が素早く召公奭の信頼を攬《と》り、召公奭も半ば利用される形ではあるが、周公旦に与《くみ》していることに呂尚は気付かなかった。周公旦を甘く見るあまり、その動きの速さを見誤ったのである。

周公旦が他の何を措いても天下のもう一つの軸、最大のテコの支点となり得る召公奭獲りに動くことを予測していなかった。いや、いずれ乞食のように召公奭を頼るだろうとは予想していたが、その時はもう破局の段階である。乞食のようになる前にかくも早く頼るとは思ってもみなかった。太公望呂尚一生の不覚と言える。

もしこの時点で呂尚が周公旦と召公奭のラインを察知しておれば、その寸断の為にまた別の火種に導火線をつけていたろう。召公の一族と、周の姫姓の反目を煽るような火種も一つや二つはあった。

ひとつには呂尚としては召公奭を敵に回したくなかった。召公の部族は天下の一大勢力であり、これと争う愚は避けるのが賢明である。天下の乱が煮詰まるまで、当分の間は召公奭には中立の長者であることを期待して刺激することを避ける策であった。しかし、それがいきなり周公旦への疑惑を爆発させた声明を発表してしまった。呂尚としてはここは召公奭に迎合しておくべきだろう。呂尚は非公式ながら召公奭の批判状に賛意を示し、遅れ馳せながら後押しするような批判声明を出した。

召公奭と太公望の二人の元勲に非難声明を出された周公旦は一見して追い詰められた形となった。西方の宮廷はてんやわんやとなっていることだろう。管叔鮮ら三監はさらに勢いづいていた。

「武庚どの、そろそろ立ち上がる機会が参りましたぞ」

武庚禄父は、

「意外と早かったな」

と喜色を浮かべた。そしてついに武庚禄父と三監は淮夷とともに一斉に蜂起した。武王の死後間もないというのに、危ぶまれていた危機が勃発していた。しかも叛乱者は武王がとくに生命を救って恩を与えた禄父であり、武王の実弟三人なのである。それらが殷の烈士を率い、淮夷と連繫してまず管、蔡の周辺を軽めに荒らし始めた。その兵数は十万とも二十万とも報じられ、さらに膨張中であるという。凶報が駆けめぐると、宮廷内外、諸侯の動揺すること甚しかった。

「太師旦はいかにするや」

俄然、周公旦の対処に衆目が集まった。

当の周公旦は別段慌てるふうがなかった。平常通りに政務をこなしている。この強風にどこがどのように揺れるのか、じっくりと観察していた。不自然に揺れる所が、即ち今の周の弱点なのである。近親から外戚、宮廷の内外にわたり周公旦の視力は静かに注がれていた。

そして召公奭の批判状に答えるべく「君奭《くんせき》」を作った。いや、召公奭の批判状の骨子も周公旦が作ったものであって、同時に「君奭」の草稿も作ってあったのである。何やら一人芝居めいている。

「君奭」とは「召公奭どのへ」というような意味である。召公奭の疑惑、批判に答えて自分の所信を明らかにする名文であった。

「君奭よ、殷はいたらぬことが多かったため天はこれを滅ぼしました。殷はその命を失墜したので、わが周がそれを受け継ぐこととなったのです。このことわたしのみ知るにあらず。殷も初めは道を履《かんが》み、天に従い、誠あるものを助けました。このこともわたしのみ知るにあらず。しかし殷の最後は不祥《ふしょう》となりました」

と始まる。

「ああ君奭よ。わたしが王のかたわら、宮廷にとどまることをお許しください」

そして、何故、周公旦が王のもとにとどまらねばならぬかを諄々と説くのである。

「われ聞くにむかし湯王、天命を授かりしとき、そのかたわらに伊尹《いいん》の如き人がいて、よく補佐し功績を天にひびかせたり。太甲には保衡《ほこう》の如き人がおり、太戊《たいぼ》のときには伊《い》陟《ちょく》、臣扈《しんこ》の如き人がいて、その功績は上帝に達し、また巫咸《ふかん》もよく王家に尽くしました。祖乙《そいつ》のときには巫賢《ふけん》の如き人がおり、武丁のときには甘盤《かんばん》の如き人がいたのです」

殷の祖湯王から始まる、歴代の名君には必ず側に補佐する者がいたと述べる。

「文王には虢叔《かくしゅく》の如き人、閎夭《こうよう》の如き人がおりました。また散宜生《さんぎせい》、太顚《たいてん》、南宮括《なんきゅうかつ》の如き人がおりました。それでも文王は賢臣の少なきを憂い、広く探し招くをやめませんでした。文王は天に王命を受け、徳を身につけ、威光を弁《わきま》え行いました。それもかの五人が文王の徳を輝かせるに力あったからにほかなりません。

わが兄、武王の代にも引き続きさきの四人（虢叔は死亡）の家臣は、天に賜りしものを保つべく祈り、武王とともに天威をふるい敵を皆殺しにしてまいりました。かの四人もまた武王の徳を輝かせるに力あったのです。

そこでいまわたくし旦の肩に補佐の任がかかっております。いまわが王（成王）は大川を泳ぎ渡るがごとき状況におわします。

召公どのよ、そう、わたしがここに留まることを責めてくださるな。わたしはあなたとともに若君を負い、大川を渡らせてやりたいのです」

誰か道理の分かった者が一人でもそばについていて、道義を弁えぬ者たちを処罰し、下々にまで目を配らねばならない。そうでなければ周王家の徳を輝かせてきたさきの家臣たちに顔向けできぬ、とする。

「召公どのよ、ここのところをよくお考えくださるよう。周が天命を受けたことはめでたきことではありますれど、実に困難なことでもあるのです。召公どのよ、どうか寛容の道をお考えください。わたしが敢えて宮廷にとどまり摂行するのは世人に迷惑をかけたくないただその一心によるのです」

周公旦は、自分も召公奭と同じく文王武王に仕えてその道のために努力してきたものであり、それをここで放棄してよいわけがない。文武の威光を九州、四海の隅々にまで及ぼすことこそ道である。

「召公どのよ、わたしとてこのように多弁を弄するばかりではありません。わたしも天道に励み、民に施したいのです。ああ召公よ、賢明なあなたならご承知でおられようが、民の徳というものは、最初のうちはうまくゆくのです。しかし殷の興亡を見るように、終わりを完うすることは難しいのです。

今、武王崩御いたし、周がたちまち終わりを完う出来ぬような事にでもなれば、召公よ、われら家臣一同の無能ゆえであり、その恥、天の許さざるところです。後々までわれらは非力の臣と誹《そし》られることでしょう。召公よ、だからどうか終わりを完うできるよう手を貸し、つとめてくだされよ。慎重に民を治められよ」

殷を打倒して、易姓革命を成し遂げた周なのに、武王がいなくなった途端に崩れさるのは家臣の無能、恥というしかない。幼い成王の罪ではないのである。周公旦の、召公奭の、太公望呂尚の、その他群臣の罪であり、悉《ことごと》く恥じて、死んで地下の文武に詫びねばなるまい。

周公旦の文章は、政治所信声明文というより、理想をうたう詩に近かった。高らかに誦みあげれば祝禱《しゆくとう》文に近くなろう。

「君奭」を受け取った召公奭は、すぐに、さきの批判状を取り下げて、

「太師旦の心のうち、よく分かった。いらぬ疑心を抱いた自分が恥ずかしい。どうか許されよ。これからは疑わずあなたの声を聞こう。何でも言ってくだされよ。われら臣下、力を尽くして若君を輔翼いたそう」

と、その場におれば、詫びて周公旦の手を取ったに違いないような声明を出した。

都を去るとき周公旦に、

「あなたのような元勲大臣に賛意を表していただければ、誰の言よりも重々しいものとなり、それだけで天下がおさまるほどの力がありましょう。どうか、召公どののお言葉と力を貸してくだされよ」

と懇願されたので、このようにしたのである。自分の意思表示だけで天下が収まると言われれば悪い気はしない。

(叔旦に利用されているような気はあれど、それで万事が収まるなら何ほどのこともない)

と召公奭は思っている。

召公奭の再びの声明は、確かに力を表した。周公旦体制をバックアップすると約束し

ているようなものだからである。禄父、三監の反乱に動揺し、あるいは乗じて兵を挙げようと企んでいた者たちは取り敢えず沈黙し、様子を見ることにする。召公奭の本拠地燕は北境にあるといえども経済力、兵力とも、太公望の斉に並ぶ勢力であった。屋台骨がぐらついている周になら喧嘩を仕掛けてもいいが、北燕を相手にするとなると話は違ってくる。控えるべきであろう。

だが、既に反乱を始めてしまっていた禄父と三監は今更止めるわけにはいかない。管、蔡の周辺諸国を冒し続けている。だが、期待された連鎖反乱はどこからも起きない。

太公望呂尚はようやく周公旦の手の内を察していた。

（なんということだ）

召公奭をテコに使って、他からの出火を鎮め、動揺している諸侯に様子見を決めさせたのである。このままでは禄父と三監の乱は、周を席巻するところまでゆかず、単なる不満分子の反乱ということになってしまう。天下を揺さぶる大乱は起こりにくい。

「くっ」

と、身を堅くさせた。

ここで呂尚はなお三監に入れ知恵して、助けるかどうか考えねばならなくなった。既に自分の存在を匂わせて、三監に反乱をけしかけたのだが、それが連中の口から露見するのはまずかった。どう始末をつけるか。

呂尚はまたも後れ馳せながら、召公奭の再声明に続いて、

「わが斉も召公と同じく、太師旦を支持する」

と公式に声明せねばならなかった。後手後手に召公奭の口真似させられているような按配であった。

(何をやっとるんだ、わしともあろう者が)

呂尚は周公旦の手腕を見誤ったことを認めないわけにはいかなかった。己に対して怒りが湧いた。

ここに至り周公旦は、

「武庚禄父と三監の暴状を放っておくわけにはまいりません」

と、皆へ議した。幼少の成王は、周公旦の隣に坐らせられて、退屈なのかあくびしたりしながら、

「おぢうえ、おぢうえ」

と周公旦の袖を引っ張ったりしている。

禄父と三監、淮夷の討伐については、当然身内から反対意見があがった。禄父はともかく、三監は何と言っても周王室の直系であり、周公旦の実の兄弟でもある。また武王の建業に尽くした人間たちなのである。

「それを賊として誅するのはどうか」

ということである。周公旦は、

「どうもこうもありませぬ。わがはらからとはいえ、文王武王の輝かしき功績に泥を塗ろうとしているのです。いや、既に塗っていると諸侯は見ておりましょう。これを放置しておくのでは、周の威を墜とすものです。処断せずんば仕方ありませぬ」

と、王の如く堂々と言った。

そして周公旦は「大誥」を作り示した。

『武王崩ず。三監及び淮夷、叛く。周公、成王に相《しょう》として、将《まさ》に殷を黜《た》たんとす。大誥を作る』

「大誥」は周公旦が成王を代弁するかたちで述べられている。

『王、若《したが》いて曰く』

「成王は偉大なる道にしたがい、次のようにおっしゃっている」

ということである。

「成王はおのれに徳が無く、至らぬばかりに東にけしからぬ反乱を起こさせてしまい、それによって西（周都）まで騒がせ不安にさせてしまっている。文王武王についで王命をつぐ者なのに、憂い嘆くばかりである」

かなり意訳してこういうことが書いてある。必要な筆であったとはいえ、後に周公旦が成王に憎まれる原因の一つとなったたろう。

「ふとどきにも王業を邪魔せんとするやからを討つべく卜《ぼく》して、まことに吉兆を得た。このトに逆らうことはならぬ。文王もひたすら卜《うらな》いに従って西岐の小国をここまで巨大にしたのだから」

と今回は占卜を重視しておいた。おそらく周公旦が自ら占卜して吉を得たのだろう。

「われは賢臣たちとともに征こう。わが友邦の諸侯長官らも、われに従い、殷再興などとうそぶく乱賊を征伐すべきである」

と諸侯、諸部族にも半ば強制的な出兵を要求した。

「天は殷を滅ぼされたのだ。農夫が雑草を抜くように、殷の禍根を引き抜くのだ。文王の志に従って国土を安らかにせねばならない。ましていま亀卜に吉兆が出ている。だからわたしは、なんじらを率いて大いに東征するのである」

成王の命とされる「大誥」は発表され、諸侯への号令ともなっている。

かくして東征することになった。成王は鎬京に残り、周公旦が総帥として征くことになった。この際、武王の未亡人である邑姜《ゆうきょう》も説得して奉じることにもしている。邑姜は姜氏の女であり、この方面にも話はついたのである。

議論のあった東征の実現を決定させたのは、やはり諸侯に先駆けた召公奭の参戦表明であった。

『王（成王）、保（召公奭）に命じて、殷の東國に及ばしむ』

王命を謹んで受けたという形である。召公奭が征くとなればもはやがたがた言う段階ではない。周公旦は早馬を走らせて、書状を召公奭に渡している。それには、

「斉の師尚父にも出兵協力のこと、あなたから頼んで促していただけないか」

ということが書いてあった。太公望呂尚はこの件については不思議に動きが鈍く、兵の派遣について渋る様子があった。

しかし天下の意見としては太公望の出馬は当然のことと期待されている。

「大軍師太公望が戦場に在《いま》せば、戦さに敗北することなど有り得ない」

という、既に伝説的な名となっている。この人がいるといないとでは軍兵の士気は大違いとなる。

(何故、叔旦はじぶんで斉太公に命じないのだろう)

と召公奭は訝しんだが、別に問題はなかったのでそうすることにした。召公奭は呂尚は当然、東方を守りつつ兵を出すだろうと思っていたから、その打合せもかねて面会する必要を感じていた。誰しも太公望の軍略には期待しているのである。

呂尚への出兵命令が、召公奭を間に介して行われたことは「史記」斉太公世家に記されている。何故、王の呂尚への直接命令でなかったのか、理由は記されていない。

さらに、書状には、成王の言葉として、

「斉太公には、東は海にいたり、西は黄河にいたり、南は穆陵《ぼくりょう》(湖北省)にいたり、北

は無棣《ぶてい》（河北省）に至る間の諸侯が犯罪した場合はこれを征伐することをゆるす」

と付されている。むろん周公旦がつけたものである。要するに、

（師尚父はこの範囲内であればいくらでも領土を拡張してよいのです）

ということである。事実上、領土の加増となることは言うまでもない。

呂尚は召公奭の使者を受けると出兵を快諾した。決して快くではなかったが、そうする以外に手はなくなっていた。その後、召公奭と面会したとき、さきの領土加増を意味する書状を受け取った。

（こたびは叔旦が上であった）

一通り竹册に目を通すと、ぐしゃりと潰したいかのような手荒さで、巻きなおして頭上に拝した。

（召公よ、あんたは余計なことをしたなどとまったく思っておらんだろうが）

と召公奭を斜めに睨んだ。呂尚は、再び心中に生じて、謀略の戦場に誘おうとしていた魔性が、すっと消え失せるのを感じた。

（まあいい。わしが望んでいたことは結局は安定した天下なのだ。わしの代わりに叔旦がやってくれるというのなら、それはそれでいい。やってみよ、叔旦。二度とわしに謀反気を起こさせるようなことはするなよ）

拝し終えた呂尚の顔付きはすっきりしたものとなっていた。そして、

「わが戦さはもはや終わった」

と言った。

はて、これからが討伐の本番なのに、などとは誰も思わなかった。

(太公望が乗り出したなら、既に戦さなど終わったも同然ということか)

こんなせりふは呂尚以外のどんな将軍にも似合わないだろう。

「おお、御老人、おそるべき自信ですな。気迫、お見事です」

と召公奭は笑った。

呂尚は武吉を呼んで、自分が三監をたきつけるような工作をしたこと自体を揉み消すように命じた。

禄父と三監、淮夷の乱の鎮圧には二年の月日を要した。殷の遺民たちの底力が、戦さを長引かせたのである。周公旦は、周が勝ちに奢《おご》り如何に殷の遺民を虐げていたかを知り、反省した。恨みを残させるようなことはなるべく避けねばならぬ。その為には礼が必要である。昔のような残虐さのない礼が求められている。

(しかしこたびは殷の残存勢力を完膚《かんぷ》なきまでに叩いておかねばならぬ)

政治的にはそうせざるを得なかった。

周公旦が軍中にあるとき成王から賜り物があった。成王の異母兄弟の唐叔虞《とうしゅくぐ》の領地で、

二茎に一穂の稲が見つかったのだという。これは瑞兆であるとされ、成王に献上された。成王は、

「よいものなのか」

と側近に訊くと、

「天の瑞兆でありまする。大事になされ」

と言上された。

「ならば、ひがしの地に、苦労なさっているおぢうえにも見せてやりたい」

と成王は言い、それを周公旦に送らせたのである。

(わが家は后稷《こうしょく》の系なり。若君もそれに違《たが》うことがない。よき王となるだろう)

周公旦は軍旅の日々のなか、久しぶりに心安らかになった。周公旦は「嘉禾《かか》」の文章を作り、軍中に天子のくだされた稲を示して、さらに威勢をあげた。

武庚禄父と管叔鮮、淮夷の酋長は許すことならず、処刑したが、霍叔處と蔡叔度は追放処分にとどめた。

周公旦が、捕らえられて処刑を待つ管叔鮮に面会したとき、管叔鮮は、

「叔旦、おれは師尚父にそそのかされたのだ。師尚父が乱を起こすことをわれらに勧めたのだ」

と訴えた。周公旦は一切無視した。

反乱鎮圧後の処置は、的確になされた。殷の遺民を魯のすぐ隣である衛の地に集め、文王の九男の康叔封を封じて治めさせる一方で、宋の地には殷王家の血統を引く最後の賢者である微子を封じた。長く殷の祭祀を絶やさぬようにさせるのである。

周公旦は征伐の順調なことを宮廷に知らせ、「鴟鴞《しきょう》」の詩をつくり成王にささげた。

東方遠征の意味がまだ分からない成王も、

「おぢうえ、よかった」

と喜んだ。

鴟鴞《しきょう》　鴟鴞
既に我が子を取る
我が室を毀《きずつけ》ることなかれ
ここに恩《めぐ》み、ここに勤《いそし》む
鬻子《いくし》をこれを閔《あわれ》め

へふくろうよ　ふくろうよ
わが子を取った
わが巣をこわすことなかれ

かわいがり、苦労して育てた子
そのいとし子を不憫におもえ〉

周公旦は管、蔡の地をほぼ平定すると、その余勢をかってさらに周辺の夷族の征伐平定の戦闘を行った。東北の患をこの際にすべて除いておこうという腹づもりであった。

『王、禁侯《きよこう》を伐《う》つ。周公謀り、禽祓《いの》る。
禽によき祓りあり』

禁侯は周にまつろわぬ部族団である。息子の魯公伯禽らにも命じて多面作戦を展開した。そして「東山」の詩をつくった。

我、東山に徂《ゆ》きしより
慆慆《とうとう》として歸《かえ》らず
我、東より來たれば
零雨それ濛《もう》たり
鸛は垤《てつ》に鳴き
婦は室に歎く
洒埽《さいそう》して穹窒《きゅうちつ》す

我、征きて聿《ここ》に至る
敦《たい》たる瓜の苦きあり
烝《ひき》しく栗薪に在り
我が見ざりしより
今に三年なり

〈われ東山に征きしより
久しく帰らず
われ東より来れば
降る雨はけぶる如し
こうのとりが蟻塚に鳴き
わが妻は家にいて嘆いていよう
家を清め、巣を払って待っていよう
われがここに征きしより
家では太った瓜が苦くころがり
積みし薪の上にまではびこっていよう
われ妻の姿を見ることなく

今やすでに三年となる〉

『「東山」は周公東征するなり。周公東征し、三年にして歸《かえ》る。歸士を勞して、大夫これを美《ほ》む。故に是の詩を作るなり』

と解説されている。

また「破斧《はふ》」の詩に、

周公東征し
四國をこれ皇《ただ》す

〈周公東征して
国々をただされた〉

とある。禄父、三監の乱以外にも伐つべきところは漏らさず伐った。諸侯の協力を得た大がかりな軍事行動は、今後もとれるかどうか分からなかったからである。

周公旦は無事に帰還し、成王に勝捷の報告をすることが出来た。

この以後も摂政周公旦を取り巻く状況は依然厳しかったが、少なくとも反乱の気配はなくなった。三監の乱にて召公奭、太公望呂尚は周公旦を支持しバックアップすることが明らかとなった為、ほとんどの反乱の火種が湿っていかざるを得なかった。

また何気ないが周公旦の施策は、宮廷周辺、王家の感情的な問題、嫉みや憎しみ、我欲、執着を徐々に浄化させていっており、その力となったのは礼である。皆はようやくにして周公旦の政治能力の只事でなさを覚えるようになった。

周公旦は禄父、三監の反乱を受けて、太公望呂尚に牙を引っ込めさせ、宮廷内外の不満分子を一時的かも知れないが、鎮めることに成功したことになる。

(しかしまだまだである)

廟前に坐して瞑想する周公旦の胸の内にある絵図のかかれた帛にはいまだほつれが多くあった。

六

楚は長江の中流域、湖北湖南に蟠踞《ばんきょ》していた部族の混合連邦である。土着部族の点在からすれば、その領域は西南夷まで含み、江蘇、安徽、四川からベトナムにまで及んだ。ただし統一国家などはなく封建の制などもない。まさしく割拠する部族たちの土地であった。もしここに統一王朝が発生しておれば、夏殷周の黄河文明圏はその色を塗り替えられていたであろう。

ある程度限定された荊南の楚地は、中央との抗争、交流のうちにいくらか整った体制を持つに至っている。そのごく一部は周と友好関係にないこともなかった。

楚は周代以降も荊蛮《けいばん》、楚蛮などと蔑称され続け、春秋戦国期には節目節目に蛮の称にふさわしい獰猛ぶりを発揮する。末期には秦とともに周体制の名残りも余さず戦国国家の国境を食い荒らし、中夏の地図を完膚なきまでに塗り替えることになる。秦の始皇帝の統一後も、項羽のような激烈な人物を生みだしており、常に統一に向かおうとする中国をかき乱す存在であり続けた。

その楚がいま周の版図のうちにある。

「史記」楚世家には、一応、楚の世系が述べられている。その祖は五帝のひとり顓頊《せんぎょく》である。姓は姒《じ》である。三皇五帝などははっきり言って神話の登場人物であり、後世にその伝説が形成されることになる原住民族の記憶の中にある存在であり、それは周の后稷についても同じである。

顓頊の玄孫《やしやご》を重黎《ちようれい》といい、帝嚳《ていこく》の家臣として功労があり、火正（火を司る長官）となり祝融《しゆくゆう》の名を与えられるも、共工《きようこう》氏の反乱鎮圧に失敗したために誅殺された。祝融は南方の蕃神《ばんしん》、また火神の名でもある。祝融の称により、黄帝と抗争した炎帝とその子孫の蚩尤《しゆう》との関係が暗示される。

　重黎の弟の呉回《ごかい》が代わって火正となり、同様に祝融と呼ばれた。呉回の息子の名を陸《りく》終《しゆう》という。何が起きたのか不明だが、陸終はその身が六つに裂けて、それぞれの部分が人を生じ六人の子孫が後を継いだ。神の身体が裂けて、子を生じるというのは古今東西に伝わる屍体化生説話によく沿っている。

　その六人の末子を季連《きれん》といい、姓は芈《び》姓《せい》である。この季連が楚の直接の先祖だというのだが、そう言われても何とも言いようがないというしかない。司馬遷は「史記」に自らそう書いたくせに、

『其の後、中ごろに微《び》、或は中國に在り、或は蛮夷に在り、其の世を紀《しる》すこと能わず』

「季連ののちは、中頃には微かにしか知れず、中央に居たり、また南蛮の地にあったりして、その世系を記すことが出来ない」

と、ほとんど匙を投げており、筆の及ばぬことを述べる。

要するに、周成立前後の楚については、その情況も動きもよく分からず、中央国家との国交もあったり無かったりで、歴史を述べることが出来ないのである。

　夏、殷の時代の楚のことは分からない。諸侯となった者も何人かいるようだ。だが、少なくとも最盛期の殷でも、楚を討伐し、服従させることは出来なかった。楚は、中央の版図のうちにありと雖《いえど》も、素直に言うことを聞き、こき使われるようなたまではなか

ったのである。

楚地に割拠する者を楚人とは呼ばず南人《なんじん》ということもある。殷と南人の関係はじつのところ激しい敵対関係にあったともされる。殷は祭祀する際に人牲をよく使った。異民族に対する寛容さが無きに等しかった殷は、よく他民族を殺すために捕獲している。羌族などは比較的大人しい部族だったらしく、夥《おびただ》しい数が捕獲され、切り裂かれまた焚殺《ふんさつ》されている。羌族のこの恨みが殷周革命のとき爆発している。

比べて南人はほとんど殷人に捕まることがなかった。羌族などとは比較出来ぬほど剽悍勇猛な性質を持ち、殷の軍兵を寄せつけなかったからである。故に殷は南人に対して宥和政策をとり、時に諸侯に列することもせねばならなかった。南方の代名詞のような銅鼓や各種の呪的な文様はそうした交流のさいに殷に入ったとも考えられている。南とは銅鼓の別名としても使われる。

文王の時代に、季連の末裔とされる鬻熊《いくゆう》が周の宮廷に仕えたことがあるが、夭死したため周との関係は途絶えたようである。鬻熊の息子の名は熊麗《ゆうり》、熊麗の子は熊繹《ゆうえき》という。皆、名前に熊の字が入っており、いささか異様である。熊をトーテムとする部族だったのかも知れない。

熊繹のとき、周は周公旦、成王体制の頃にあった。

武王がかつて殷を討伐した際、太公望呂尚が諸侯諸部族に向かって、

「この戦さに遅参せし者は斬る」

と血生臭く宣告し、多くの部族が半強制的に参集させられたが、楚の部族はこれを無視してのけている。よって殷滅亡後の論功行賞に楚はあずかっていない。それどころか誰か大功ある者の領土として楚がくだされることもなかった。楚とはそういう土地ではなかったのである。そして楚には周など恐れるに足らぬものと映っていたのである。

国家の礎を定める。太師周公旦が成さねばならなかったことはそれであった。だが、

(現実にはわたし一代ではそれは無理というものだ)

と思わざるを得なかった。周公旦に出来ることは、

(可能な範囲で、天下を周のもとに安定させて、若君にお渡しする)

と、そのくらいだと考えていた。

禄父三監の反乱、東征の後も周公旦は、いまだ帰順せざる地方部族を政治的に懐柔することに意を注いでいた。やむなく武力を差し向けて服従させることも時にはせざるを得なかった。急がずこつこつと行い、はた目には地味な仕事と映ったろうが、おそろしく神経を使う仕事であった。その甲斐あって、天下の風浪は確実に凪に近くなっている。なるたけ静かな天下を成王に手渡すことが、まだ苦労知らずの少年天子の為になるだろう。

ただ周公旦も楚だけは手をつけかねていた。楚はその意図を計りかねる国であった。

武力のほども計りかねるので、討伐軍を差し向けることも控えたい。楚とは謎めいた国であるというしかなかった。

南方、長江流域の文明は得体が知れないところが多くある。黄河流域の文明とは明らかに異質なのである。三星堆《たい》（四川省）等、前例のない器物を多出した集落の遺跡が発掘され、その推定年代は紀元前十四世紀から十一世紀と驚くべき報告がなされている。数年前にも長江の上中流域にいくつかの遺跡が発見されて、正体未詳の文明が想像されており、現在も調査は続行中である。遺跡からは祭壇や多くの宝玉、青銅器が出ている。短く見積っても五千年ほど前には稲作を主とした、これまでの中国古代史に記されることのなかった文明圏があったことが示唆されるのである。それが直ちに楚と関係があるかは今後の研究を待つとしても、無関係とは考えにくい。

古代中国は南方、楚を差別することが多かったが、それは蛮夷を見下してのことだけではなく、その異質さを避けて別世界と見做していた可能性が高い。湖北、湖南、四川の地域には黄河の諸邦とは別の豊かな世界が存在していた。ただしその実体は今のところ謎であり、記述もなく、神話伝承にちらりとその片鱗がうかがわれる程度である。

周公旦は文王に一時期仕えたという鬻熊の孫の熊繹とまず結ぼうと思い、使者を出したことがあるが、その時はどこにいるかも分からなかった。熊繹は、べつに楚の支配者というわけではなく、楚地に割拠していた諸部族のうちの一部族の酋長に過ぎないのかも知れないと思った。

ともあれ楚のことは周公旦に宿題として残された。それは近い将来に解決されるべき宿題であるのだが、さすがの周公旦の目にもその実態は見えないままであった。当分は情報収集につとめるしかなかろう。周公旦の脳裏の図面の中では楚は黒く塗りつぶされたままである。かつてヨーロッパ文明がアフリカ大陸を暗黒大陸と見たような感じといえようか。


成王の教育係でもある周公旦はそろそろ王たる者の心得を成王に説くようにもなった。「多士」「毋逸《ぶいつ》」などの書篇をつくり、ときにおいて文王武王の道を継ぐことが如何なることかを説いた。

それでも一部の者どもには周公旦の仕事は摂政の名のもとの専制とうつる。いつしか周公旦は、太師、叔旦ではなく、周公と呼ばれるようになっていた。

周公とは不思議な呼称である。周の地を治める諸侯という意味であり、ならば事実上の周王と言えなくもない。周公旦の領地は魯なのだから、たとえ都にいても魯公と呼ばれるのが筋である。だが周公旦は魯公と呼ばれることはなかった。

(周公の称は礼に外れるが、そう呼ばれるのもこの際仕方があるまい)

と周公旦は敢えて人の口を止めなかった。魯公といちいち訂正することのほうが、波風を立てることになろうからだ。

現在、魯地には長男の伯禽が居り、魯公と称されている。今更周公旦が魯公を名乗るはかえって不自然である。本当は周公旦が魯地を治め、近隣の斉太公呂尚や北燕公の召公奭の二大勢力の間に坐して折衝している予定であったのだ。武王崩御の急の事態ゆえ、都に留まらなくてはならなくなったが、あの二人の間に挟してあり、国交しつつ経営することは伯禽では荷が重かろうと思う。しかしやむを得ない。

（かの泰山を眺めつつ礼楽を思い、隠棲したい）

という周公旦の願いは実現しそうになかった。これもまた周公旦に課せられた命であると思い都にとどまっていた。

周公旦はさらに礼楽に重きを置き、いつも祭祀に熱心であった。これは政治的行為でもあるが、礼の再編と集成は周公旦のライフワークでもあった。俗に、

『礼儀三百、威儀三千』

というが、何しろ膨大なものである。

「漢書」に、

「周公は成王を補佐して王道があまねく行われるようにした。礼楽をさかんにした。礼楽を教える場を天子には明堂辟雍《めいどうへきよう》といい、諸侯は半宮という。后稷《こうしょく》を祖として郊に祭りて天に配し、文王を宗として明堂に祀りて、上帝に配した。四海の内、各々がその職に

従って来たりて祭祀をたすけた。天子は天下の名山大川を祭り、百神を招来して安居させたが、もともと礼の明文にあったものを編成してこれを祭ったのである」

とある。

殷の支配時代の風を革《あらた》めることは、周公旦にとり急務のことである。周公旦の執行した祭祀は、従来のものとは微妙にその色を変えていった。周の天下であることを広く示し及ぼすには礼楽の再編、改革が最も早道である、というのが周公旦の根本思想であった。

周公旦が礼楽を政務の最優先事項としたのは、前年に成王が病気にかかったせいもある。当時、子供の死亡率は高く、どんな病気であれ一大事であった。成王が発熱して寝込むと宮廷はまた騒然となりかかった。周公旦は、かつて武王の平癒祈禱を行ったときのように、成王の平癒の祭祀を自ら執り行うと宣して騒ぎをおさめた。周公旦の礼の執行能力は宮臣に知れ渡っている。周公旦に一任することで落ち着いた。

貞人が成王の疾病の原因をうらなうと、祟りの源がどうも黄河の神にあるらしいとなった。先般、周公旦は付き添わなかったが、成王はごく狭い範囲を周遊しており、当然、黄河にも詣でている。その時、無礼落ち度の振舞いがあったようなのだ。

子供のすることである。河に立ち小便くらいはしたかも知れぬ。周公旦はその程度のことで黄河が罰を下すとは思わなかったが、第一次反抗期にあった成王の不遜傲慢さは、子供ながら廷臣の手を焼かせることが多々あった。生まれてすぐ王位に坐せられ、大のおとなにかしずかれてきたのである。我儘放恣《ほうし》の性格となるのも無理からぬことである。甘やかされた成王をきちんと叱りつけるのは周公旦くらいなものであり、その為、成王は、

「おぢうえはなぜわしを貴ばない」

と、周公旦に拗《す》ねることもあった。言われて素直に聞くような年齢ではない。自然に成王は周公旦を避けるようになり、成王の我儘を唯々諾々と聞く家臣とつるむことになる。先の黄河周遊に周公旦を連れ立たなかったのも成王の意思であった。

周公旦は夜明け前に黄河に臨み、礼を執り行った。

（河神に頼み申す）

自分の爪を切り、黄河に捧げて祝禱した。髪の毛や爪、身体の一部を使っての平癒祈禱は礼というよりは病気祓いの呪術に近いものである。

「王、幼少なりて、未だ礼を識らず、もし王、河神の命の尊きを犯すことありせば、それは哺育の任たるこの旦のせしこととおぼされよ。どうか王に代わり、この旦を罰したまえ」

河べりに壇をつくり、点頭し、半日身動《みじろ》ぎもせず祈り続けた。

手応えはあった。周公旦は祈禱書を箱に納め、府庫《ふこ》の奥に仕舞い込むよう命じた。

祈禱の甲斐あってか、成王は日ならずして全快した。周公旦はほっとしつつ、このような時の為にも緊急に礼を整えおくべきだと思ったのだった。周公旦とて年齢を加している。いつ自分が病み倒れるかも分からない。


成王の七年。周公旦は摂政を退き、政権を成王に奉還し、北面して一臣下となった。

成王は七、八歳であり、まだ大政をとれるほどの者ではない。だが、天下の情勢も一段落しておよそ平穏となっている。成王を脅かすような存在もいなくなった。

成王が親政するにあたり、周公旦は官制の基礎、また政治要領を文書にしてあらわしてある。「周官」「立政」であるが、「周官」はまだ草案の段階で完成していない。

もう摂政の位にいる必要は無く、身近にいて仕えて大過ないと思った。

（わが任はほぼ完遂された。亡き兄上も、旦のはたらきはこれで十分としてくださるだろう）

周公旦も疲れていた。武王崩御後に四方八方に手を尽くし、天下を鎮める辛苦は筆舌に尽くしがたいものがあったが、耐えてやり遂げたのである。

（しばらく身を息《やす》めたい）

というのも本音であった。余命は礼楽の整備に捧げようと思っている。

ただし、天下に周を脅かす存在がいなくなった、と言い切ってよいかとなると、果たしてそうか、という憂慮はある。南方を除いて、と言ったほうがいい。楚への対策だけは、摂政周公旦のやり残したことである。

（わたしが生あるうちに片付けば……）

それは成王に進言献言して、為すことになろう。楚が今、とくに問題となっているわけではない。遠謀して国交を正常化してゆけばよかろう。あるいは周公旦は南方、楚の件は自分の死後に及ぶ、将来の問題と思っている。だが、楚を残したことに心に引っ掛かりがあるのも確かであった。

成王親政の体制となり、周公旦はしばしの暇《いとま》乞いを申し出た。

「ふむ、叔父上には長年ご苦労であった。安心して休養せられよ」

と成王はやや顔をそむけ気味に言った。周公旦は居並ぶ廷臣らの顔を一通り見渡すと、辞して退がった。

成王側近の臣たちの面々も大分様変わりしていた。南宮括、散宜生のような筋金入りの硬骨の臣も今は亡い。かれらは天下が周に帰すを見て、安心して天に昇ったろう。文王の在世中より仕える臣は周公旦を含めて数人となっており、他は新しく立身してきた者が多い。主も臣も世代交代するのが自然の理であり、皆、忠にして成王に仕えるのなら、何の問題もなかった。

だが問題なのは君主が忠臣と佞臣をしばしば見誤ることにある。ことに成王のような若すぎる王には、人を見る目などまだ備わっていない。成王の耳に快いことを囁く者、成王に媚びへつらう者が、成王の近くに多くなっていた。周公旦が「多士」「毋逸」「立政」などで戒めたにもかかわらず、成王は苦言を呈する者を遠ざけ、甘言を弄する者を近付けるようになった。苦言多い者の筆頭が周公旦であることは言うまでもない。

(人を見る目は、これればかりはわたしにも如何ともしがたい。王が経験を積みその人を見抜く目を養うしかない)

と周公旦は思うしかなかった。

天下に乱なく、宮廷は束の間ぬるま湯に浸り、大御所であった周公旦が摂政を退いたとなれば、必ず君子に非ざる臣が蠢きだす。成王が年少で御しやすいということに乗るものが出てくる。しかしそういった輩を捌《さば》くのは名実ともに王となった成王がすべきことである。

(おのれを磨きなされ)

周公旦はそう祈って退出していった。

周公旦はいろいろ策動している佞臣のことを知ってはいるが、自ら手を下して排除するつもりはなかった。成王に任せたい。成王が己の立場を知ってすることなのだ。そのために天下という巨大な重荷を成王に還したのである。佞臣を自ら排除出来てこそ、その時こそ成王も王たる者の自覚を得て、真の王となるのである。その修行を周公旦が邪魔してはよくない。

佞臣どもは大した器でもない。周を覆そうなどという者はいなかった。出来て成王をうまく操作し、権力の甘い汁を吸いたい程度の連中である。かれらは当然のことながら周公旦を嫌っており、うるさがっていた。居なくなればもっとはびこりたくもなろう。

（天子に代わり、南面して坐すことが、楽しいことだとでも思っているのだろうか）

と周公旦は思う。その地位は生命を削るおそろしい場所であるというのに。権力は魔であり、人の生命など平然と喰らう。その魔と付き合うには己を強く律し、礼をもってするしかないのである。

（やれるものなら一度やってみるがいい。すぐにその場が天国ではないことが分かる）

と、周公旦にしては無責任なことを思うのであった。

やはり疲れていたのだ。周公旦は佞臣の持つ威力を軽く見過ぎていた。夏、殷の王朝の衰亡の原因は王が天に見放されたという理由だけではない。佞臣の力も大であった。佞臣が天に見放される時を早めることも多くあった。女色や佞臣は傾国の付録なのではないのである。この時、周公旦はそれを考えたくないほどに疲れていた。鎬京を離れて第二の首都、雒邑《らくゆう》に保養することにした。

やがてほつれが現れた。

休養中の周公旦に成王から問責状が届き、周公旦が私利をはかり汚職し、周公を僭称して成王を侮辱し、なお領地の魯に引退せぬことを誹り、周公旦の施策を曲解して悪に仕立てあげていた。読むにたわごとばかりであって、周公旦が出向いて申し開きすれば簡単に粉砕出来るお粗末な訴状である。

しかし、敵にとり理由はどうでもよいのである。明らかに周公旦の誅殺まで持って行こうとする意図が見えていた。文面に、言い訳など聞く気はない、という強硬さがほの見える。

佞臣にとっては周公旦は目の上のたんこぶ以上の者であった。完全にどけてしまうに越したことはない。佞臣どもは周公旦の不在をこれ幸いにあることないこと成王に吹き込み、成王も成王でうるさい叔父をうとましく思っていたこともあり、でたらめな讒言《ざんげん》に耳を貸してしまったのである。

(ああ、王はまだ幼少であり、何も識らぬのだ)

と周公旦はかつて河神に祈ったことと同じことを嘆息した。

またこの事を起こしたのは佞臣の作為ばかりではあるまい。姫姓の一族のなかにも周公旦を快く思わない者もおり、外戚にもいよう。周公旦は八方美人で政務をとっていたわけではない。恨みを買った覚えはある。

この時、太公望呂尚や召公奭は、首都駐在の家臣からの一報でいち早くその事を知り、成王を諌めるよりも周公旦の身を案じていた。召公奭などは周公旦を北燕にかくまおうとすら考えている。

呂尚が思うにも、馬鹿な話であり、今、周の柱石であり、あれほど功労のあった周公旦に罪を負わせて殺したりすれば、また周の勢力図に破壊的な影響を及ぼすであろう。呂尚は斉国の発展に強い自信を持っており、いたずらをする気も起きなかった。

(王と讒言屋どもが自分の首を絞めようとしておる。わしはかまわんが、周が腐るのは思った以上にはやくなろう)

と、高みの見物を決め込むことにした。佞臣の始末を間違えた周公旦のミスなのである。あの周公旦がまさか成王に反乱することはあるまい。恥をかく前に毅然と自害するか、それとも逃げるか。周公旦がどう出るかは見物であった。

周公旦の動きは呂尚や召公奭の思惑を遥かに越えていた。成王や佞臣たちに至っては仰天したと言ってよい。周公旦は問責状を受け取った数日後には楚に入っていたのである。妻と次男、三男、家族たちには、

「わたしは楚に身を寄せることにする。お前たちにまで誅戮《ちゅうりく》の手が及ぶことはないとおもうが、用心のため宋公(微子)か、畢公《ひっこう》をたよれ」

と言い渡していた。

亡命するという選択肢は当然あり、その場合は近くは鄭《てい》なり、やや離れれば魯、斉、

燕なり、いくらでも逃げ場所はあろう。よりによって国交も無い、ほとんど敵地といってよい楚地に奔《に》げるなど考えられないことである。周人のほとんどは荊蛮の楚という名に名状しがたい不気味さ、恐ろしさを感じている。

「周公はやけになって身を棄てに行ったか」

と、皆はそう思った。

太公望呂尚ですらその報を疑い、真意を計りかねた。楚は周の力が及ばないという点では、亡命先として悪くはない。ただしそれは周公旦が楚においてVIPとして扱われるような状況であるならば、である。

呂尚は姜子牙《きょうしが》と名乗ってさすらっていた頃、楚地に足を踏み入れたことがあり、わずかだがその国情を知っている。国情とはいうが、楚には国など存在していない。長江という黄河に匹敵する雄大な川の流域に複数の巫祝王を頭領とした部族団が割拠し、しばしば同族異族無関係に流血の戦闘をしているような、共通言語もあるかなきかの土地であった。

南人は戦闘が無類に強く、残虐である。その中核を為すのは苗《びょう》族、蜀《しょく》族であった。蜀族は住む地が西方に近いこともあり、克殷《こくいん》のさいに周に一応服属していたが、荊楚の苗族は別である。三苗とも呼ばれたりするかの部族は誰にもまつろわぬ。

そもそも礼が異なる。かれらを支配するのは土着宗教的な呪術体系なのである。周公旦の唯一の武器と言える中夏の礼楽などが通用するような土地とは思われない。

(面白いな)

呂尚は気の毒だとは思いつつも、周公旦の冒険の様子を知りたいと思うのである。

七

「論語」に云う。

『子曰く「南人言えること有り。曰く、『人にして恒無くんば、以て巫医と作《な》るべからず』と。善いかな」』

孔子は南蛮を嫌う人間であったが、よしとするところもあった。

「南人がこう言ったそうだ。『人として恒心《こうしん》の無い者は、巫医になることはできない』と。善い言葉ではないか」

信念無くいつも心がぐらついている者は巫にも医にもなれない。別に孔子は巫医となることを推奨しているわけではないが、巫医となる者はその志が清明で、神明を敬う信念を持たねばならない。孔子は南人に礼に携わるときの心がけを学び、それを誉めたのであろう。

こう述べる時、孔子にとっては南人は単なる野蛮人ではなくなっている。孔子は南人についての知識をいくばくか持っていたということか。

さて周公旦は〝南人〟荊蛮《けいばん》についての知識はほとんど無かった。知っていることはいくつかの南方の神話であり、また根拠のない伝聞である。

周公旦は楚を知り、確かめるために来た。その過程で死ぬかも知れないが、それはまた命《めい》というものである。

（早くも宿題にとりかかることとなったものだ）

それも命と引き換えのような宿題であった。

成王とその側近が周公旦を誅殺しようと企んだとき、周公旦には選択肢がいくつもあった。対抗手段などいくらでもある。しかしどの手をとっても最終的には成王に恥をかかせることになり、それがあらたな怨恨、軋轢《あつれき》を生むだけとなる。

（いっそ殺されてやろうか）

とも思ったが、その時、楚のことに思い至った。

（どうせ生命を無くすことになるのなら、文王武王の大事業に貢献すべきであろう）

それが周公旦にとっては楚であった。楚と周との関係を整える事ができれば、いずれ成王が立派な君主となり、この難題に直面したときの役に立つはずである。

「成王を信じる」

これも文王武王に託された周公旦の務めであった。

あるいは周公旦のその少年のときよりの好奇心が自分を楚に向かわせたのかも知れない。周公旦は知識に貪欲であり、生来、現実的な政治家というより、ロマンチストの気があった。周公旦が起草した多くの文章に見られる理想主義的宣言はとうてい実務家のものではない。

楚という未知の地にはロマンがある。人生の半ばをとうに過ぎた周公旦は生命と引き換えにしても構わないというほどの冒険の機会を得た。

後世に孔子が、諸国の君主、大臣に絶望し、放浪に飽きて、愚痴のように云ったことがある。

『子、九夷《きゅうい》に居らんと欲す。或るひと曰く、「陋《いや》しきこと之れを如何」と。子曰く、「君子之に居らば、何の陋しきことか之れ有らん」と』

「いっそのこと九夷（東方にあった九つの野蛮の国。これには倭人も含まれる）にでも行ってしまおうか」

と孔子が云うに、門人のある者が、

「九夷の陋《ろう》であること、どうしようもありませんぞ」

と云った。孔子は、

「なに、君子がそこに一人でも居れば、その陋風は一拭され、夷ではなくなるのである。

いやしいことなどなくなろう」

とこたえた。

君子周公旦はこれから夷蛮の地に入ろうとするわけだが、孔子のような諦念があって往こうとするのではない。君子一人で何ほどのことが出来るかなど考えてもいなかった。

周公旦は、主のためなら生命も惜しまないと願い従う従者二人と微行《びこう》して南下し、淮水を渡った。淮水流域も、三監とともに反乱した淮夷がいたように、かつては危険地帯であった。淮夷も荊蛮の影響の強い部族であった。周は江淮の間に何人かの諸侯を封じ置いている。三監の乱の後は周に刃向かうような部族はほとんどいなくなっている。

さらに南下した。

いくつかの水を渡り、うねうねと連なる山岳地帯をあるときは登り、あるときは避けながら進んだ。申、呂の地に入り、一、二泊して過ぎる。このあたりが現時点での周の支配領域の下限である。

だんだんと土の色が変わり、風景が変わっていった。船で漢水《かんすい》をくだる。漢水は末は長江に合流する川であるが、なかなか雄大な川であった。

南方は水が多い。小川が網目状にからまり、湿地帯も多かった。「南船北馬」と称されるように南方の交通手段は馬車より舟のほうが利便がよい。このあたりになると農作物は麦や黍《きび》ではなく、稲が主となる。陸稲もあり水稲もある。その地の適するところによって数種の稲作がなされていた。最近の研究では南方の稲作の起源は通説よりさらに古くなりつつあり、七千年前には確立していたともされる。

漢水をしばらく下り、渡って降りたところ、周公旦は江北、荊楚の地に入っていた。既に未体験の地域である。このあたりの地域の呼び方はおおまかで、長江中流を起点として四方を、江南、江北、江東、江西と言ったりする。また洞庭湖を中心に挟んで、湖北、湖南という。周公旦は周といくらか貿易交流のある西方へ向かって進んだ。

大川、小川、いくつもの川を過《よ》ぎらねばならなかった。周公旦は、

(かつて夏の禹王は九州の治水をなさったという。いまその治績を眺めている)

津に舟をやといつつ、そのようなことを思っている。渡し場の老人が話す言葉も強い方言が混じり、聞き取りにくくなっている。

さらに行って、もはや方言というようなものでなく、異言語をしゃべる人々の邑に宿した。

(言葉が通じぬか)

今後はコミュニケーションが不完全となるということである。これからやらねばならぬことを思うと、周公旦はやや暗澹とした。

邑人の服装も見慣れたものではなくなった。半身裸体が当り前といった様子の男たちが過ぎる。また周人が用いる寛衣《かんい》は少なく、筒袖の着物が多く見られる。驚いたことに

絹布がその材であることが多かった。

(養蚕が盛んなるか)

絹布などは周では高級品である。それを普通の邑人が着ている。明らかな異装の周公旦らは邑人にじろじろと見られてしまう。

周公旦の目的はまずとにかく熊繹《ゆうえき》を捜すことであった。わずかな間ながら周と良好な接触を持った熊の名を持つ一族を探してみるしかない。荊楚に有力部族のつてがあるとすれば、鬻熊《いくゆう》の子孫である熊繹くらいしかいなかった。

周公旦らは通じにくい言葉をなんとか使って邑の首長に訊くのだが、知らない、と身振りで言われる。このあたりの部族は分散して邑をつくり住んでいる。何かあれば代表者が集まって会議し、物事を決めたり、行ったりするという形態のようであった。大軍に攻められることなど滅多になかったから、それで十分なのだろう。

中にたどたどしいながら、中央の言葉を解する長老がいた。長老は周公旦に、

「熊繹どのの部族なら、あっちにうつった」

と西南方を示した。十日もゆけば着く、と言われた。周公旦らはやむなくさらに行くことにした。

邑の門を出るときふと上を見ると、かさかさに乾いてミイラ化した人頭が、棒の上に立ててあった。馘首祭梟《かくしゅさいきょう》の俗というものだろう。戦争捕虜、異族の首をかかげ祭って邪

悪を祓い、魔力の侵入を防ぐのである。

「ここではわれわれは異族なのだ」

と、いつ殺されるか分からぬ不安から従者二人は青くなった。周公旦は、

「わが西方の民も、このように人牲を使うことがあった。人頭は大事なものである」

と言ってべつに慌てなかった。周公旦は、周の礼では人牲は原則禁止と定めたが、それ以前はこの地や殷と同じく人を殺すことが少なくなかった。

周公旦は旅しつつ観察していた。荊蛮の礼をである。どんなに異形でもそれぞれの奉ずる神、または祖先の鬼神へ祭祀しているという点は周と変わりはないと見た。

周公旦一行はまた漢水を渡った。その方向は山がちとなる。今のところ危険な目に遭わずに済んでいる。

途中、家屋など建てず穴居する邑なども見た。かれらは農耕よりも狩猟で生計をたてているようであった。

車は既に使い物にならなくなっており、馬ともどもさきの邑に置いてきている。徒歩でゆかねばならない。

険しい山を避けて、湿度の高い森林をなんとか歩き通したところで、周公旦は病んでしまった。衣服は汚れ、裾はぼろぼろである。冠の結び紐が切れてしまったが、捨てずに携行していた。いまや荊蛮の地のただ中にいる。まだ長江を見ていない。

夔《き》の地に来たとき、周公旦はついに倒れてしまった。従者も一人病み、もう一人も疲労困憊のありさまであった。まったく風土気候食事の異なる地を強行軍したのであり、無理もなかった。竹林のなか動けなくなった。発熱し、息が苦しい。

（ああ旦が命もここに尽きるか）

と周公旦も覚悟した。

その時、周公旦の頭の上を色鮮やかな羽を持つ鳥がよぎった。太い竹林を鮮やかに抜けて飛び去った。周公旦はその去る方向を見て、

「あれは招きである。鳥の去った方向へ、なんとかそこまでたどりつくのだ」

と声を励ました。従者二人を励ましつつ、限界を越えた体をなお歩かせた。かなたに水が水平に点々と光るのが見えた。

（あれは江か）

周公旦はそこで意識を失った。

行き倒れていた周公旦らは、夔の邑の者に拾われたらしい。どこか小屋の中に寝かされていた。熱っぽく、身体の節々が痛み、動けなかった。隣を見ると従者の一人が寝かされていた。もう一人は見当らない。

周公旦が苦痛と疲労の為、うとうとしては起き、眠ろうとして眠れない時を過ごして

いると、小屋に入ってきた者がある。かすむ目で見ると壮年の男であり、少女を二人従えていた。話しかけてきたが、言葉が分からなかった。が、その身振りから、

「具合はどうか」

と訊いているようであった。周公旦はかすかに頷き、なんとか微笑して見せた。

少女たちは手に銅の碗を持っており、膝をついて、周公旦に捧げた。碗は精巧な彫物がなされたよい器であった。中には羹《あつもの》が入っていた。男は、

「これを食え」

と言っているようである。周公旦はあまり食欲もなかったが、従者を起こして、それをいただくことにした。

肉と野草を煮たものであった。周公旦と従者はおそるおそる食べた。汁は喉ごしよく、肉片はこれまで食べたことのない味がして、決してまずくはなかった。何やら身体の奥に力が湧くような感じがした。周公旦がたいらげ終えると男は頷いた。

その後、また別の男がやってきた。杖をついた老人である。似顔から察するに今の男の父親らしい。その老人は周公旦の分かる言葉を話した。

「北方の者だな」

と訊いてきた。

「はい。お助けいただき、感謝のしようもありませぬ」

「客人は幸いを招くものであり、わが邑では珍重する。祭りでもあれば、よい生贄ともなるしな」

老人は笑いもせずに言った。

「心配するな。今は祭りはない。ところでお前は北のどこの者なのだ」

「周の姫姓の者にございます」

「なぜ、このようなところにいる」

「人を尋ねに来ました」

「そういえば、西の姫の者たちは衆をまとめ、殷人を倒したそうだな」

「はい」

「さぞかし激しい戦さであったろう。お前たちの神が殷人の神よりも強かったわけか」

「そうではありません。天がわが王に命を下したのです。ゆえに殷は倒れ、周が起《お》きたのです。これ天命と存じます」

「天がか？　天がお前たちの神か？」

老人は上を指さした。

「天は礼をもって祭るべきもの。われわれだけの神というには、巨大すぎるものです」

老人は何故か呵々《かか》と笑った。

「まあいい、その肉はお前たちを癒すだろう。横になり休んでおれ」

「これは何の肉だったのでしょう」

「お前の連れの肉だ。わしらが見つけたときはもう死んでおった」

羮はもう一人の従者の肉だったのである。

周公旦が茫然とした顔をしていると、

「どうした。同族の血肉はとりわけよく力を与える。いかなる病にも卓効をあらわす」

と言われた。

「妙な顔をしておるな。お前たちは使わないのか。同族の血肉は身体に入り、新しい生命をつくる。異族のものだとたいして効かぬからな」

この部族には人肉を食する風習があった。

周公旦はとたんに胸が悪くなった。つい二、三日前まで共に辛苦を分かち合って旅してきた者である。

「わたしの従者の遺骸はどこでしょう」

「首を斬って干している。北方の者の呪力はどれほどかためしてみようと思うてな。胴体は、脚と尻肉を残して器に納めてやった。この地のわが族祖たる夔に捧げねばならん」

太古の中国では人肉食が普通に行われていた形跡がある。その後も続いた。後の文献に人肉食のことがよく出てくることからするに、中央の一部もそうであったろう。

少なくともカニバリズムは神聖な宗教行為であって、一種、世界的に普遍的なものがある。亡き勇者や肉親の肉を食らうことは、その死者の生命を自分の身体の中に蘇らせて、生命の存続を願う呪術行為である。かつて文王は、紂王に強制されたにせよ、長男の肉を食している。

古代中国で人肉食が神聖であったかどうかは分かりかねるが、春秋戦国期には食人の話が多く残っている。斉の桓公は宮廷の料理人の子を食べたという。晋の文公が放浪中に家臣の腿肉を削って食べた話もある。これらの逸話は特殊な例ではあるまい。孔子の弟子の子路は衛の反乱のとき殺されたが、身体を切り刻まれて塩辛にされた。孔子は、それを聞くや家にあった塩辛をすべて捨てさせたという。これもまた人肉食のあったことを示しているのかも知れない。

周公旦も、周の礼では禁止としたが、人肉食の意義は分かっていた。従者の死体が詰められている壺へ、祈りを捧げた。

従者の肉のお陰かどうかは知らないが、周公旦は数日もすると立って散歩出来るまでに回復した。言葉が分かる老人はこの邑の長老であり、族長の地位は息子に譲って隠居暮らしに入っていたようだ。この部族は、老人がまだ若い頃、北方に進出したことがあり、言葉を記憶していた。周公旦の散策についていて歩いてきて、質問すれば答えてくれた。

「わしらは客人を大切にするのだ」

と何度も言った。

邑の外れの岩壁に巨大な怪獣の絵が描かれていた。頭部に角があり、その顔は猿面、手はだらりと垂らして見る者を睨んでいる。脚は一本しかない。

「これが夔であり、われらが崇める祖である」

「夔とは神なのですか」

「そうじゃ。わが一族の神。その一足たることが神聖をあらわしておる。聖なるものは一足である」

女媧《じょか》、伏羲《ふっき》、禹《う》など古代の聖人聖王は、石や器に彫《きざ》まれるときその姿は人面にして蛇体、また竜身、魚体であることが多い。一足たることは大地と水の化身たることを示していると思われる。

「われら以外の荊楚の部族どもは犬、虎、鳥などを祭ることが多いが、所詮は禽獣に違いない。それに比べてわが一族は祖たる夔を祭るのだ」

と得意気に言った。

「聞けばお前らは天を祭るという」

なんとあやふやなものを祭るのだ、と言いたげである。

「天を祭るのなら、少なくとも太陽を祭ることだ。陽の太なるもの、農に欠かせぬ力をもつ」

るのであろう。

と忠告めいたことまで言う。老人にすれば天を祭るのは対象として漠然とし過ぎてい

楚も奥地に行けば、動物はともかく、現実世界に存在しない生き物、怪獣を祭ることが少なくない。饕餮《とうてつ》や竜などはその最たるものである。竜はかれらの中では実在し、御《ぎょ》竜《りゅう》氏や豢竜《けんりゅう》氏など竜を飼う部族もおり、竜形の出土品はあまたある。

「ところで周公とやら、お前さんはこんな所まで何をしにきたのだ？」

一人残った従者は、周公旦のことを周公と呼んでいたから、それが周公旦の名だということになっていた。

「はい。じつは昔、我が家に仕えていた鬻熊という方の縁者を捜しているのです。風聞ではいまその一族の長は熊繹どのであるとのこと」

「なんだ。芈《び》の氏族をたずねてきたのか」

老人はひげをなでた。

「まあ、奴らとわしらは今は敵対しておらん。よかったな」

敵対部族の長への使者であるなら、ここで即座に殺しているところである。

鬻熊の芈氏は熊や犀《さい》を祭る部族であるという。熊は悪くはないが、夔には及ばない、と老人は言った。

「熊繹らはお前たちに感化されたのだろうな。城とかいうものを築いておる。それが都

だそうな」

周公旦がこれまで見てきた楚地の邑は、中央でいう城と呼べるようなものではなかった。小規模の村落が点在しているだけで、一帯を領するといった大きな邑はなかった。鬻熊の子孫熊繹は城と呼べる大きな邑を作ったという。

「そのせいかさいきん威張りおる。が、いいか、邑がでかいからといって、それがわしらの上にあるなどと勘違いするでないぞ。やつらは北方の風に染まっただけなのだ」

(荊楚の風をなおざりにして北を真似る馬鹿者)

と思っている口ぶりであった。

熊繹の城はここから遠くないという。長老の好意で通訳兼案内人を付けてもらった。

「御恩は忘れません」

と周公旦が別れの挨拶をすると、

「そんなことはいい。何度も言うたが客人は大切にする。それが夔の教えである」

と言われた。

周公旦には南人は争いを好み、ただひたすら残虐獰猛だという先入観があったが、必ずしもそうではないと知った。

(なんとかなるやもしれぬ)

熊繹がどういう人物か次第だが、周公旦の心境は明るくなった。

長江を渡った。さらにいくつか川を渡り、湿地帯を越えて進んだ。巨大な湖も見た。周公旦には今自分が大陸のどこにいるかなど分からなくなっている。半ば湿地に浸かり白骨化した獣を何度も見た。見たこともない動物のものもあり、案内人に問うと、

「これは水牛、あれは犀、あっちのでかいのは象だな。向こうの崖に回れば竜の骨もあるぞ」

と周公旦の知識の中では、神話に登場する生き物が、南方には実在していた。これらの骨は拾われて占卜に使われ、削って骨器にされ、武器の材ともなる。

やがて熊繹の国に着いた。

「なるほど城である」

遠目にもそう言える城壁があった。

熊繹の国ではちょうど田植え前の祭祀を行っているところであった。一等大きな畑に大勢の農夫が集まり囃している。豊饒儀礼であろう。興味を持った周公旦は足を止めた。熊の毛皮を頭から被った男たちが、畑の中を跳ね回っている。ただ地を踏んでいるのではなかった。毛皮以外は素裸であり、下半身が露出している。それどころか男根を隆と勃起させてそれをしごきながら跳ね回っているのである。やがて男たちは射精して、精液を畑にまんべんなく撒いた。畑に男の生命力、種を撒くという儀式なのであろう。

次には木の面を被らされた若い女たちが引き出されてきた。円を描くように立たされ

た後ろには棒を持った男たちが立っている。何をするのかと引き続き見ていると、男たちは女の着物をまくり棒で女たちの尻を打ち始めた。かなり強く叩いており、女たちは時折苦痛の声を漏らした。さらに尻叩きは続いた。女の尻が持つ、豊饒なる産の力を叩き出して、地に捧げようという呪礼のようであった。

原始的な豊饒儀礼であると思われる。周公旦は、

（南人は種蒔き時にこのような礼を行うということか）

と別に感心したりはしないが、思った。むろん周でも播種の前には礼を行い、天地を祭っている。

（后稷《こうしょく》の末裔たるわれわれの礼は、あれよりは洗練されている）

しかし周公旦はエネルギッシュで生々しくある熊繹の国の礼を馬鹿にする気はなかった。

人牲食人にしろ、さっきの畑での儀式にしろ、この地の礼のありようは、ひどく直接的であると頭に入れた。直接的であるとは、意味が分かり易いということでもある。

城に近付いた。城壁があり、開閉する門があった。中原の風を取り入れてはいるが、何となく違和感がある。城内に踏み入ってもそうであった。人々の服装その他は中央とはまったく異なる。家屋のほとんどは地の湿気を避けるためだろうが、高床式であった。城のむこうにはこれも巨大な三段の祭壇がある。熊繹は、荊楚の風と中原の風を混淆《こんこう》さ

せている。

周公旦は紐を結び直した冠をただして、熊繹に面会した。熊繹は南面して席をつくりやや肥満気味の身体を置いている。

「よく来たな周公」

と太い声が発せられた。

「わが祖父はおのれが父の文王に仕えた。わが祖父が亡くなったとき、文王は祖父を厚く弔ってくれたと父に聞いておる。礼を言うておく」

ひどいなまりだが、熊繹は中央の言語を話すことができた。

「われらはお前たちに荊蛮とおとしめられて久しく、父の話を聞くに国の体裁として確かに北方の仕組みに劣るところはある。劣るといえども、まあ、文物も戦さでも北方に負けるところはないがな。しかし学ぶところもあろう」

熊繹はただの蛮王とは違っていた。楚にも殷、周のような首長国をつくりたいというのが熊繹の芈《び》氏の考えであった。過去の一時期、文王の周と交わったことが、そうした考えを生ませることになったのだろう。

荊楚は本来豊かな土地である。普通に暮らしていれば食いはぐれることがない。文化の程度も決して低くなく、青銅器は逸品をつくることが出来、養蚕はこの地方の御家芸のようなものである。また祭祀の必需品、玉石を多く産出する山を持っている。それをもって北方や西方との交易をはかる部族も多かった。江南はほとんど自給自足で足りる地なのである。それ故になまじ無理強いに諸部族を統合して、大国家をつくる必要がなかった。しかし統合がない為、諸部族は頻繁に衝突し、殺し合いが果てしなく続くことにもつながった。

荊楚を脅かすような強国、例えば殷が、南方征伐にでも出てくれば、楚の諸族も日頃のいさかいを休戦して侵略者と戦うだろう。ただし敵を撃退して後はまたもとに戻り、割拠して殺し合うだろう。

しばらく社交辞令が続いた。われを周の使者とおぼし召されよ、と伝える。そして周公旦は礼儀正しく周の建国について述べ、ここに至ったいきさつを簡略に語った。熊繹は、周公旦の顔を覗き込むようにして言った。

「わが城はどうか。周公?」

「立派なものと存じます」

「そうだろう。われらとてこの程度の建物は簡単に作れるのだ。今まで必要がなかったというだけでな」

熊繹は立派なひげを撫でた。

「わしは荊楚に中央にも劣らぬ、国仕組みを敷きたいと思っている」

つまり楚王になりたいという希望がある。

「よきことかと存じます」

と周公旦はあたりさわりなく頷いた。

「しかし頭が痛いのだ。荊楚の幾多の諸部族を統一するなど、あの我儘どもの間を折衝して回るなど、どう考えても出来ぬ相談である。わしにお前たちの文王武王の如き人望あらばよいのだが。人望なしとすれば、逆らう者どもを力にて平らげるほかあるまい。わしがこのように城をつくり、人を養うのはそこである。戦っては負けやせぬ」

そしてにやりと人食い虎のように笑った。熊繹自身、荊楚の風を好み、蛮族たることを捨てられないところがあろう。

「まあ周公よ、せっかく遠方よりやって来たのだ。しばらく逗留し、わが国を見物でもすることだ」

と、客人をおろそかにしないところを見せた。

周公旦と従者は下にも置かれぬ扱いを受けた。

「途中、何度も死を覚悟いたしましたが、このようにもてなされるとは、いや、楚蛮もそう悪くありませんな」

と従者はほっとしていた。周公旦はただ喜んでばかりもいられず、夜になると沈思した。

滞在は二月に及び、その間周公旦はこの地の言葉を学んだり、ことに巫師の仕事に注目した。この地では巫祝の地位は高く、巫祝は貴ばれていた。中央的に言えば、熊繹自身は巫祝の長であり、この地の巫祝を統括する立場にある巫祝王なのである。夏、殷の伝統と似たところはないでもない。

「むかし夏の湯王は、雨乞いに自らを焚き殺そうとしたと聞いている。わしは巫師のわざなど詳しく知らぬが、いざとなれば湯王と同じことをするだろう。それが受け継がれての一族の長としてふるまえる」

と熊繹は言った。

南方の、敢えて礼というが、礼はやはり野蛮であった。

ある日、祭礼が行われると聞いた。周公旦が見学してよいかと聞くと、巫師の長官は、

「かまわない」

と言った。熊繹は、

「中原の祭りとは違う。怪我をせんようにな」

と言った。

「年に二度、わが一族の祖たる熊を祭る。周公よ、熊と虎が戦ったらどちらが強いと思う？」

唐突な質問であった。熊繹は答えを待たずに言った。

「くく、熊に決まっておろう。祭ると祖は、その偉大な力をわれらに分け授けてくださるのだ」

祭礼は城の郊外で行われる。中原でいう郊祀《こうし》である。

ほとんどの郊祀は亡き王や祖先鬼神を祭る。が、この地では熊を祭るのだという。運ばれる呪具が凄かった。青銅器の品質は最上であり、中原のものに勝るとも劣らない。刻まれた浮き彫りは饕餮《とうてつ》文に似てはいるが、やや違っている。目を強調した牙を剝いた熊頭である。その目は邪視を遮り、牙、爪は悪霊を寄せつけない。一方の器にはこれも見事な虎の文様が彫られている。饕餮という怪物、あるいは怪神のデザインのもととなったのは、虎であるといわれているが、実際は凶暴貪欲なる猛獣のキメラ的な獣面文である。

そしてその間には審判をするように鳥の羽ばたく姿が彫られた盾が置かれた。鳥は色鮮やかな孔雀のような鳥で、おどろおどろしく淡泊さがない。

男女の巫団が進み出て、焚火の周囲に片膝付いて座し、大きな声で祈りを捧げる。周公旦は離れて見ながら、

（招いているのだな）

と思った。熊の精をである。しばらくして異変が起きた。二、三の巫女がのたうち苦しむ様子を見せ、着ていた服を破り全裸となった。巫師の長官が合図すると、縄で縛ら

れた男女数人が数珠繋ぎに連れてこられた。強制的に座らせるとやおら巨大な鉞《えつ》で一人ずつ首をはねていった。悲鳴か歓声か判別しがたい声が上がる。

南方巫祝は儀式要員を地下牢に入れて飼っている。それは戦争捕虜の異族であることもあれば、最下級の儒（雨乞い専門の巫）であることもある。雨乞いにしろ、族神を祭るにしろ、必ず人の生命が必要なのである。祭祀のために多くの羌《きょう》人を殺戮した殷も、その意味では野蛮さはあまり変わらない。

首からぼたぼたと垂れる人牲の血を青銅器に受けて、溜まると地にもがき暴れていた巫女にぶちまける。また甲高い声をあげる。男巫らがさらに声を励まして呪すると、巫女はむくむくと姿を変えた。四足にてもがき、ときにぬーっと立つ姿は熊そのものであった。うおーっ、と吠え、周囲を見回している。さらに別の呪文が唱えられ、別の巫女にざばりと血がかけられる。血みどろの顔や身体は血で隈取りがなされたようであった。吠えて身構える様子は虎のそれに酷似している。

南任《なんじん》とよばれる銅鼓が、どこどこと激しく鳴らされる。また虎皮を張った巨大な太鼓もどかどかと撃ち鳴らされた。

参列者は、叫声をあげた。熊と虎が降り来たったのである。

「戦え」

と巫師の長が命ずると、巫女二人はまさに熊と虎が仕合うように闘い始めた。熊のように掌を使い、虎のように爪を使う。猛獣同士の戦闘に列席者は興奮する。毛を逆立てて襲う虎の牙を避けて、体当りし、その顔面を掌で張り飛ばした熊が勝った。虎と化していた巫女は死んだかも知れない。

その瞬間に巫師の長がなにやら叫んだ。列席列座の者はわっと席を立ち、暴れ始めた。それぞれ血の騒ぎに暴走し、周囲の者を手当たり次第に殴り蹴り始めた。勝った熊の力が暴力をふるう身体に入っているのである。それを思うさま表さねばならないのである。すでに乱闘である。鼻を潰し、目を抉《えぐ》る。そういう凄惨な摑み合い、殴り合いがそこかしこに見られた。

周公旦はその暴力の気に呑みこまれる危険を感じつつも魅せられたように見ていた。礼に対する感受能力に優れた周公旦は、もっと若かったら、その野性に満ちた祭祀に飛び込んでいたかも知れない。

「周公さま、あぶのうございます」

と従者が袖を引っ張った。周公旦は去りがたく思いながらも、輪から離れ、距離をおいた。

その後は酒を入れ、さらに乱闘し、最後には男女が目茶苦茶に交媾することになる。今、この場にあらわれた熊の偉大な力を得て交わり、その力を一身にまとった子を生むためである。それは夜通し続くものだ。

翌朝、周公旦が郊外に行って見ると、燃え尽きた焚火の周囲にあられもない姿の男女がぐったりとしている。満ちたりたような寝顔が見られた。

（これはこれで見事な礼なのであろう）

この地ゆえにこのような礼となる。西域の牧畜農耕の民であった姫氏や羌氏には、これほど激しい礼は必要ないのである。

（われらは魂魄を静めるように鎮めるように礼を行う。南人は、燃え立たせるように、復活させるように礼を行う）

と周公旦は理解した。楚の祭祀に対して決して嫌悪を感じたりしなかった。最高の文明であった殷ですら、よく人を殺し、よく酒に酔って礼を行ったのである。

（だが楚とてこのままの礼を続けるわけにはいくまい。人の血を敢えて欲せず、もっと南人を責められようか。

婉曲なる礼を必要とせねば。周の礼は）

周公旦は、そう考えていて鎬京のことが気になった。

周を出奔して以来、半死半生の目に遭ってきたが、やっと気持ちに余裕が生まれたのだろう。

（いちおう信《てがみ》を出しておくか）

周公旦は絹の白帛に文字を書き、生きて熊繹の国にいることをしたためた。

「ほう、これが中原の文字か。見ておると不思議な気分になって来るな」

と熊繹は言い、通信使を出してくれた。

周公旦は熊繹の客分としてここにいるわけだが、その所期の目的は荊楚と周の関係を調整しておくことであった。しかし統一政府もなく、広範囲に割拠する南人との間の国交を正常化することは実際問題不可能に近いと思った。

ただしこの熊繹を楚の連邦首長と見做して、かれを中心に付き合うことなら不可能ではあるまい。それには恩を売ることである。

「あなたは以前、中央に負けない国仕組みをつくりたいとおっしゃいましたな」

と周公旦は熊繹に言った。

「おお。荊楚の統一が成ってこそ、中原の国に対して引け目もなにも無くなるというものだ。その時こそわれは楚王を名乗れる」

周の礼では、天下に二日無く、王は周の王以外存在してはならないのだが、この際、棚上げにした。

「わたくし旦は、あなたの厚情により、不便無く滞在させていただいております。恩返しにあなたの事業成功に助言させていただければ幸いです。つまり戦さをせずに諸族を統べることへの助言です」

「ほう。申し出はありがたいが、わが荊楚の地の者は、大国仕組みなど笑い飛ばすような者どもばかりだ。口では何も動かぬ」

と周公旦を舐めたように言った。

熊繹は流人のようにやって来た周公旦などたいして信用していないであろう。周公旦が熊繹の信用を得て、耳を貸すようにさせるには、直接的なものを目に見せてやらねばなるまい。

「では一つお尋ねします。いま、あなたが国をつくるとして、もっとも厄介な部族はどれでしょう」

「於菟《おと》だな」

と熊繹はきっぱり言った。於菟とは虎を意味する。

「於菟の氏族とは、友好のあった時期もあるが、ここ数十年は血で血を洗ってきた」

「では於菟とそれに従う部族が、あなたに服するようにすればよろしいですね」

「周公よ、笑わせてくれるな。奴らがわしに従うなど、有り得ぬことだ」

「ではわたしが実現させてみましょう」

周公旦が本気で言っていることが分かった熊繹は、妙な顔をした。

「周公よ、もしそれが成ったら、奇跡である。わしは周に従ってもいいぞ」

と含み笑いをした。

「兵が要るか」

「いえ、戦さを仕掛けてはこれまでと変わることはないでしょう。わたし一人、於菟へ使者として参りましょう」

と言った。

周公旦は於菟の国に出かけることにした。於菟は丹陽のあたりに蟠踞する、虎をトーテムとする部族である。通訳と従者をともなって、一山を越えた。

「周公さま、何か手蔓《てづる》や策でもおありなのですか」

と従者は心配そうであった。

「ない」

と周公旦は言った。

「わたしにあるのは礼のみである。天命に誤りなくば、文王武王の遺徳がわたしを守るであろう」

周公旦は一世一代の賭けを行うつもりで於菟の首長のいる邑へ入った。

熊繹の国は、荊楚のうちでもかなりまとまっているほうである。於菟はそうではない。楚の統一など夢にも考えたことがない部族群である。

周公旦一行はたちまち捕縛され、邑に連行された。下手をしなくとも、首を切り離されて掲げられそうであった。土牢の中から、

「言うべき重要なことがある。なにとぞ取り次いでほしい」

と、首長に面会したいと何度も頼んだ。末期の頼みと聞き入れられたのか、首長との面会がかなった。

於菟の首長は容貌魁偉で、獣皮の衣服をまとい、頭には虎様の冠をつけている。周公旦は拱手、稽首して、辞を述べた。礼の仕方が楚のものではなかったので、

「どこの者か。何用でここにいる」

と於菟の首長は訊いた。

「わたしは姫の一族、江の北、周の者です。あなたにお教えしたく参じました」

於菟の首長にとっては、周など最近北のほうを支配しているらしい一部族という認識しかない。周公旦のひょろりとした姿を見るに、取るに足りぬと思われた。

「それが何をわしに教える？」

周公旦はすっと背を伸ばし、坐し直した。

「周は今や強勢にて、甘く見られますな。周は既に中原を平らげ、その鉾先を荊楚に向けようとしております」

「なんじは戦さの口上に来たのか」

むき出しにした腕をさすり、獰猛な表情をのぞかせた。

「なかばその通りにございます」

於菟の首長は大声で笑った。

「殷の者どもも、長らくわしらには手が出せず、恐れ逃げ帰りおった。わが荊楚の戦士どもは何人をも恐れぬ。いくらでも攻めて来るがよい。周人の屍を積み上げてくれる」

もう連れていけ、と部下へ顎を振った。

周公旦はここぞと言った。

「わが周は礼にて荊楚を攻めまする。ただの戦さではありません」

「なに」

「礼は天道を行うもの。ただ人の生命を奪い、地を奪うものとはわけが違います。自然にこの地の人々を靡かせ、あなたを裸の王にしてしまう力を持っております」

「むう」

於菟の首長は、礼を強烈な呪術だと思ったようである。

荊楚は呪術の蔓延《まんえん》する巫祝の土地である。巫の力には敏感であった。呪術を知る者は呪術を恐れるものである。

「その証拠に熊繹どのは、既に周の礼を受け入れ、わたしに呪力でも武力でも、提供しようと言ってくださっております」

ここで通訳の者は、この周公旦の嘘に目を剝いたが、周公旦は平然としている。

「わが周の力と熊繹どのの力が合すれば、於菟は安泰ではございますまい」

首長は、顔を赤くして、怒りの表情を見せた。

「信じられんな、そのようなことは」

しかし熊繹のバックに北方の者どもがついたとなると、いささかまずい事態ではある。

「信じぬぞ。熊繹の輩には、北方に媚びるような気配がないことはないが、あれも荊楚のつわものである。周などに簡単に降《くだ》ることはない」

「荊楚には明らかな連邦の長なく、部族を一つ一つ礼により屈服させれば、いずれ孤立することになると申し上げたのです」

「そんな世迷い言に熊繹はだまされたのか」

「礼は世迷い言ではありません」

「わが於菟は熊繹のような意気地なしではない。礼でも呪でも何でもいい。わが目に見せてみよ。われらに通じるはずがない」

「ではわたしが周の礼の一端をお目にかけましょう。その上であなたの族霊たる虎に、またあなたの祖霊にご相談なさるがよろしい」

於菟の首長はしばし考え込んでいたが、

「よかろう。まずなんじの礼とやらを見せてみろ。それがつまらぬものであれば、その時は覚悟しておけ。われらへの侮辱はなんじが骨肉をもって償うことになる」

「機会をくださり、かたじけない」

周公旦は自信ありげに言った。

周公旦はこの地の神と於菟の祖霊に接触するつもりであった。

（周の礼というより、わが礼がこの地にも通用するか）

それを試みたいと思った。賭けではあった。

周公旦の意識は常に天下に広がっている。礼に間違いが無ければ、どの地どの部族にも通用すると信じていた。礼は一国、一部族だけが保つ偏ったものであってはならない。天下に受け入れられないならば、周公旦の理想とする礼治など無意味なものとなる。礼が普遍のものであればどのような土地でも通用するはずなのである。

ここには鼓のほか、周公旦に馴染んだ呪具はない。礼を執行するのは周公旦一身であり、自分自身を礼の器となさねばならない。周公旦は岩窟を貸してもらい斎戒することにした。

当日、周公旦は土を盛り、壇を作った。そこに席を置いた。於菟の巫師は、周公旦の礼に興味津々であった。

「牲はいらぬのか」

と訊いてきた。

「不要です」

と周公旦は答えた。だが、荊楚の巫師にこれが呪術であることも示しておこうと考え、ミイラ化した人頭を四方に並べることにした。周公旦としては不要のものであったが、

人を贄としない礼など楚では有り得なかったからである。そして、

「酒を所望したい」

と頼むと、頭蓋骨で作った器にたっぷりとついできた。周公旦は酒に指をひたし、弾くように四方に撒き、残りを一息に飲み干した。

於菟の首長と巫師らが見守るなか、周公旦は北面して坐した。

「地の神に申す。いでませよ。於菟の宗に告げる。わが心にかなうなら、いでませよ」

と祝し、瞑想に入った。太鼓もなく、踊りもなく、人を殺すこともなかった。酒の酔いがまわってゆき、頭をくらくらさせる。周公旦は意思の力を使って地を目をつむったまま睨み、しばらく微動だにしなかった。

周公旦は地下へ沈潜していった。何人かの巫師には周公旦の意識が地下へ降っていることが見えていた。

「招魂《しょうこん》」

しようとしていると見た。だが、歌や踊りの喧騒なく招魂することは、荊楚の巫師には考えられぬことである。楚の神や霊魂は熱狂的な騒ぎを好み、その歓楽に誘われて招かれるのが常識であった。あのようなやり方では、失敗は目に見えている。

「招魂」「復礼」は異礼ではない。中原の巫もよく行うところである。周公旦はただ静かに坐して捜神するのみである。

既に周公旦は地の神に挨拶して、於菟の祖霊を捜しだし、招き寄せている。がくりと上半身を落とした。しばらくして上半身をゆっくり起こした時には神懸かっていた。

「虎契《こけい》」

と周公旦の口からは野太い声が発せられた。見物人がざわざわとなった。虎契とは、於菟の首長の本名であり、周公旦は知らないはずであった。

「虎契よ」

その声は、虎契の父祖のものに違いなかった。於菟の首長は、慌てて拝跪した。

周公旦は目を閉じたままである。

「父祖どのか」

と於菟の首長が問う。

「父祖どのではない！　なんじ、この者を無礼なく遇しておるか」

「はっ、しかしその男は周人にて、われらに不当なることを言いに来ておるのです」

「虎契、不当ではない。この男の申し出はこののち荊楚の為になることであるぞ」

「しかし」

「この男には私心なく、誠意あり、その意たるや天下を覆っておる。この男の壮志に比べれば、お前など井の中の蛙ぞ。おのれとは器《くみ》がちがう」

「ははーっ。しかしその者は、熊繹どもと与し、われらを攻むと申しております。わが一族にとり許すことの出来ぬやからにて」

「おのれ、族長なりせば、もっと先を見よ。確かに今は北の者どもの攻め入るに、われらが負けることなどないであろう。だが、その先はどうか。虎契よ、荊楚の戦士勇士は剛強である。だが、その志たるやあまりにひくい。荊楚の中しか見ておらぬからだ。そのようなことではいずれ北の者に、江がじわじわ岸を削るが如く、荊楚は地を奪われよう。荊楚の者が力を合わせようとせぬかぎり、力合わせたる弱者にも劣ることになる。この男は、北方の力を合わせることが出来、実際にそうしてきたのだ。いずれ荊楚はこの男の一族に力を奪われることになる。分かるか虎契よ。荊楚に力合わせる王がなければ、いつかこの男の一族に呑まれる」

「ははーっ」

「荊楚にも北の者どもにも負けぬ国は必要である。荊楚にも王が必要である。さすれば周人の輩、北方の者どもを禦《ふせ》ぐだけではなく、組み拉《ひし》ぐことも出来ないことはない。虎契よ、わが一族はいつまでもこの地の首たることに満足していてはならぬ。北方に出よ。力合わせたる荊楚は、広い天下を射止めることも出来るのだ」

「はっ」

「この男は、理由はともかく、それをわしらに教えに来たのだ。奇《めず》らしい愚かな男ではないか。自分の首を絞めることになるやも知れぬのに、荊楚を案じ、国を立てることを勧めておるのだ。この男の言を無視するなら、荊楚は北方の者どもによって虫食いのようにされるだろう。とくと考えよ。虎契よ。この男に学ぶことは無駄ではない。学ばねば呪われるだけだ。わしがなんじら子孫に与える忠告はそれだけだ」

既に於菟の首長も、巫師らも畏れて地に額《ぬかず》いていた。

そして父祖の声は途絶えた。周公旦は先に呑み干した酒をもどし、激しく嘔吐して倒れた。

周公旦は招魂霊媒したわけであるが、於菟の父祖の言の半ばは周公旦のものであった。父祖の霊に触れ、その声を借りて、周公旦は言いたいことを言った。凄まじい意思の力が必要であった。しかし半分は父祖の意思でもあったことは確かである。そうでなければ周公旦は一言も口をきくことも出来なかったろう。

於菟の首長の命令で、倒れた周公旦は丁寧に運ばれ、貴賓の部屋に寝かされた。

周公旦は荊楚の地神と於菟の父祖の霊を身に容れたため、しばらく苦しむことになった。荊楚の神霊はなまやさしいものではなかった。容れるだけならまだしも、周公旦の意思で物言わせたのである。消耗して当り前であった。

(仕方がなかったとはいえ、鬼神に非礼してしまった)

周公旦は苦しみながら詫び続けた。

二日もたつと周公旦は元気を取り戻した。荊楚の神は周公旦の半ばいかさまの招魂を赦してくれたようだ。

周公旦が再び於菟の首長に面会すると、先とは違って、下にも置かぬもてなしを受けた。すぐに宴会となった。ついさっき捕まえてきたという異族の新鮮な肉料理と美女はなんとか辞退した。他の美酒、美肴はありがたくいただいた。

「周公よ、おぬしの礼の術、しかと見せてもらった。祖霊をあのようにあらわし出すこと、荊楚の巫師にもなかなか出来ることではない。いちおう恐れいった」

「わたしの意神《いしん》は飛んでおりましたので、何を申したかよく覚えておりませんが、祖霊に無礼をはたらいたなら、どうかわたしを罰し、許しを乞うてください」

「いやわが父祖はおぬしに学べと言った」

「わたしがあなたに教えることなどほとんどありませぬ」

「まあよい。熊繹には、少し考えさせてくれと伝えて欲しい。巫師に卜させてのち、返事をしたいゆえ」

「はっ。なにとぞよしなに」

周公旦は大量の土産とともに、熊繹の国に帰った。

熊繹は驚いた表情を隠せなかった。

「よく無事に戻れたな」

熊繹は、周公旦は悪くて殺され、よくても両眼を抉り取られるかどうかされたろうと思っていたのである。それが、傷一つないばかりか、手土産まで持って帰ってきた。しかも、於菟の首長に一歩譲らせたという。

「どんな魔術を使ったのか」

「魔術など。いささか口上を述べ、礼に則ったまでです」

と周公旦は澄まして言った。

「ただの呪術では奴らは騙せまい」

「こちらが礼を履《ふ》めば、むこうも履まざるを得ません。友好の使者であれ、戦さの使者であれ、礼としてそうなる。これがわたしのいう礼の力というものです」

熊繹は合点のいかぬという顔で、周公旦に付けてやった通訳兼監視人に、いきさつをただした。

熊繹が既に周と結んでいると仄めかしたのは詐術であるが、それを納得させたことは只事ではないと思われた。

「まことに招魂して、話をつけたのか」

「それはわたしにも分からぬことです。じきに於菟より使者が至るでしょう。結ぶことになるかどうかは、そのときに分かります」

熊繹は考え込んだ。

（於菟が素直に従うとは思えんが）

かりに熊繹と於菟の者どもが同盟すれば、荊楚の三分の一強がまとまることになる。

数日後、於菟より使者が来て、まずは長年の敵対関係を水に流すことを提案してきた。

「これすべて荊楚の地を守らんがため。独立不羈《ふき》なることはわれらの誇りではあるが、天下ということを考えれば、荊楚が団結し力を蓄えることは悪くはない。これわが父祖の願いでもある」

ということだった。熊繹は、それでも信じようとしなかった。

（於菟の者どもは平気で裏切る）

という先入観がある。

「第一、奴らはわしに従うとは一言も言っておらん」

「それは」

と周公旦は言った。

「一朝一夕に成せるものではないでしょう。今後、熊繹どのが、於菟の者をしつけてゆき、真にかたく盟友となさることです。それが王の器量というものです」

「何をもってしつける」

「むろん、礼でございます」

「確かにお前は於菟に手綱をつけたようだ。礼とやらを用いてな」

熊繹はようやく本気で周公旦の意見に聞く耳を持った。荊楚を自らまとめる。国に仕組みを敷くのである。

（わしが荊楚のあるじとなれる）

と思えば、野望がむくむくと頭を擡《もた》げるのが分かった。

同時に周公旦を偉いが、恐ろしい男と思った。周がこのような形で荊楚の支配に乗り出して来たならば、互いに繋がり薄く割拠している荊楚の有力部族たちは各個に周に従うことになるやも知れぬ。周公旦のいう礼の力によっていつの間にかそうなっていないとも限らないのである。

南人もそろそろ国というものを考えねばならぬ時代が来ようとしている。於菟の首長もそう考えているのかも知れない。

「周公よ、わしがこれから荊楚に大国を築くにはどうすればいい」

「礼を盛んにし、徳を広くおよぼすことです。そうすればあなたに従う者は増す一方でしょう」

「北方の周もわしに従うようになるか」

意地悪く訊いた。

「それは無理でしょう。荊楚にはまだ周に抗する何ものもありませぬ。とくに礼が。また王業とは一日に成るような単純なものではございません」

「周公よ、お前はわしの味方か？」

「わたしが生きてあるうちは味方でありましょう。ただしわたしは周の臣であり、周の不利はいたしませぬ」

熊繹は怒らなかった。

「ではわれら荊楚の部族がまとまることは、周の不利にならぬと言うか」

「なりませぬ」

周としては、謎めいて危険きわまりない楚とまず対話したいのである。その為には、楚にある程度の勢力のある代表がいたほうがよい。その者を通して楚との関係を構築するのが早道であろう。

楚に確固とした支配者がいて、それと交渉することが出来るようになれば、楚はそれほど恐ろしくなくなる。それは楚にも言えることで、知ることによって恐怖も疑惑もなくなるのである。さらに国交に礼を弁えれば、軍事的衝突の危険も減少する。周公旦はそれを推進すべく、最後の奉公と思い楚にやってきたのであった。

周公旦は日に日に丁重に遇されるようになり、熊繹の政治顧問のようになり、しばしば諮問に答えることになった。荊楚をいずれは中原の国に劣らぬ組織的に統一された国家としたい熊繹は、とりあえず周公旦に学ぶことにしたのである。

「熊繹どのはまず、荊楚の主要な地を領することです。それがはっきり形となれば、その事業に周もいささか手を貸すでしょう」

周公旦は殷がどのような国であったか、どうして滅びたかを語り、周の建国の意義とその勢力範囲についてより詳しく述べ教えた。熊繹の頭の中には長江の流域しかなかったが、次第に天下の本当の広さを知るようになった。

（今、周と事を構えたら、まずいということか）

と、周公旦の話術にいつの間にか考えを操られていた。


周公旦が楚に出奔して一年半以上が過ぎようとしていた。その頃、周都鎬京の宮廷はかなり混乱していた。成王の王位は周公旦の政治能力が背後にあってこそ、何とかうまくいっていたのである。それが賢臣が遠ざけられ、無能の佞臣が口を挟むこと多くなった結果、当然の如くぼろが出てきていた。

周公旦が消えた後、また宮廷内の家臣同士の微妙なバランスが崩れ、さらに外戚が嘴《くちばし》を容れ、政局は右往左往することになった。各地の封建領主たちの利害をおろそかにすると、途端に感情は険悪となる。佞臣たちのその場凌ぎの献策では収拾がつかない。まだ十にもならぬ成王は振り回されるだけである。

また、周に服さない蛮夷は未だ少なくなく、数カ所で暴動している。その中には荊楚との国境にいる蛮族が多かった。宮廷はあたふたするばかりとなりかけていた。

「予にどうせいというのじゃ」

と、成王は子供らしく癇癪を起こし、既に投げ遣りであった。ここにきてようやく、

（叔父上がいれば）

と、周公旦が如何に自分をよく輔佐し、よく治めてくれていたかに気が付いた。

「叔父上は無責任である。予を捨てて逃げた」

と、勝手な怒りを発したりした。

そんな折りに再度荊楚から周公旦の帛の書状が届き、無事に暮らしていることが分かった。こともあろうに楚の領主に仕えているらしい。しかし周公旦を煙たがって追い出したのは成王自身である。

「まさか叔父上は、荊蛮に依って、周に讐《あだ》なそうとしているのでは」

佞臣たちも、その可能性にぞっとして、

「そ、そんなことはありますまい」

とだんだん宮廷に顔を見せなくなった。

鎬京の混乱を見かねた太公望呂尚と召公奭がやってきて成王に諫言した。

「いい加減に目を覚ましなされ」

とかつて師尚父とも呼ばれて、文王、武王の教師であった呂尚が叱った。太保の召公奭も、

「こたびのことは、つまらぬ輩の物言いを聞き、王が周公を疑い、罪を被せようとした

ことが原因でありましょう」

と、直言した。この二大元勲に恐い顔をされては成王もしょげ返るしかなかった。

「叔父上は荊蛮の家臣となり、わが周を脅かそうとしているのだぞ」

「わたしが知る限り、周公という方は決してそのような不義はいたしませぬ」

と召公奭に断言された。

その時、おずおずと太史がやってきて、

「王にお見せしたいものがありまする」

と、成王を府庫に誘った。そして奥から金縢《きんとう》を運んできた。

「周公にはきつく止められておりましたが、どうぞお開きください」

それには成王が病んだとき周公旦が黄河に自ら生命を捧げて、平癒を願った祈禱の文が収められていた。

ここに至り成王も己の甘えた根性と非を悟り、その場に崩れ落ちて泣き始めた。わんわん泣いたあと、

「叔父上は予をゆるしてくれるだろうか。いや決してゆるしてはくれまい」

と言った。召公奭が、

「そんなことはありません。まだ遅くはない。周公と仲直りなさいませ」

と言った。

「出来ようか」

「周公の誠意に劣らぬ誠意を示すことです。急ぎ荊楚に書状を出して、心より詫びることです。周公はきっと戻って来るでしょう」

成王はすぐさまそうした。

熊繹の国で書状を受けとった周公旦は、

「そろそろ暇乞いをせねばなりません」

と熊繹に言った。

「帰るというか。どうにかならんのか。わしはまだおぬしに聞きたいことが多いというのに」

熊繹は周公旦にほとんど心服するまでになっていた。

「わがあるじが戻るよう命じているのです。残念ですが仕方がありますまい。もう熊繹どのには周の国作りの法はあらかた示しました。それに二度と会えないというわけでもありますまい」

「そうか」

周公旦は熊繹に礼と文と楽を教えてきた。もはや野蛮に戻ったりはすることのないように戒めた。

「最後に一つ助言いたしましょう。この国がある程度整ったら、周に臣従することをお勧めいたします」

「臣下となれと？　そこまでわが身を低くするつもりはないぞ」

「そのように考えれば、荊楚の統合は滞ることになりましょう。こう考えるのです。臣従の礼をとるは一時的な荊楚の諸族への歯止めにございます。周の列国と肩を並べたと見られることは政治的な意味で重みを加します。よろしいか。その後は熊繹どの、周が臣従するに足らぬ国と見たならば、その時は好きなようになされればよい」

（所詮、荊楚はまつろわぬ国なのだ）

と周公旦はこの二年近い暮らしで悟っていた。理屈ではない。どこか文化が異質なのであり、南人が周人と同じ思考、感情を持つことは遠い未来のことだと感じるのである。そもそも巫祝の地位が異常に重く、不羈奔放《ふきほんぽう》を誇りとする荊楚の統一自体が難事業なのである。さらに周がそんな楚の完全な服属を望むことは現時点において不可能事であった。

ならばやはり礼しかあるまい。力ずくは下策なのである。礼を知らせることによりごく自然に楚は受け入れられる。今はそれが最良の法であると思うのだ。

中国史上、単一の民族がこの大陸の政権を持ち続けたことは一度とてない。中国は常に多民族国家であったと言える。だが中国が中華であり得たのは、中国の文明が浸透した地域を版図と見做すことが出来たからである。中国文化、言い換えれば漢文化の浸透度によりその民は測られ中国人となる。中国の制度、文化を受容し採用した地域は即ち準中国となる。

中国の文化を受け入れた地は既にして中華の一部であるという思想である。そして中国の文化の根幹は言うまでもなく礼である。礼あるによって通行国交は可能となる。このようなやり方を初めて行ったのは周王朝からであり、周公旦が望んでその先駆となった。まさしく、どのような辺境でも君子一人が居て、礼を布けば、そこは辺境ではなくなる。周囲がじわじわと中国となってゆくのである。

将来、楚が強大となり周を脅かすことになる可能性は高く、周公旦はかえってまずい種を撒いたのかも知れない。だが、少なくとも楚が、今は見真似であっても礼を弁えた文明国であり続ければ、突如凶暴をあらわすこともなく、仲がこじれることがあっても常に話し合いのカードは残されることになる。危機は外交努力により何とか克服出来よう。そう信じたい。

「周公よ、おぬしが周に在るかぎりは、周が取るに足らぬ国となることはあるまい」

と、熊繹は周公旦に別れの言葉を述べた。

熊繹はこの後、さらに多くの諸部族を従え、荊楚の約半分を支配下に置いた。それだけでも広大な領土であり、春秋の列国の中でも及ぶものがない。兵の強さは無類である。

長江下流の呉、越の部族に匹敵する凶暴剽悍さを持っている。

国制が整うにつれ、都を丹陽に移し、その後、郢《えい》に移した。熊繹は鎬京に朝貢して成王に子爵を与えられた。文王武王の名において楚を治める諸侯となったのである。

熊繹はしばらくは周公旦の嫡子伯禽や太公望呂尚の嫡子呂伋らとともに成王に仕えたが、その差別的な扱いにおおいに不満を感じて、やがて離脱の方向へむかう。周公旦の死後のことである。怒った成王は南征を企てたが、はかばかしい成果はあがらなかった。成王の後も、周は何度か荊楚征伐の軍を発している。成功した時もあれば、失敗した時もある。

周が衰微するにともない、楚は北進を開始した。熊繹より四代後の熊渠《ゆうきよ》はついに本領を発揮して周に牙を隠さなくなった。

『我は蛮夷なり。中国の號諡《ごうし》に与《あずか》らず』

とうそぶくに至る。

「われわれは蛮族である。周の爵号や諡号とは関係ない」

王は天下に一人、周王しかいてはならぬはずなのだが、熊渠は三人の息子をそれぞれ自称の王にしてしまった。その頃の周には楚を制する力は既になかった。楚は戦国に覇を競う最右翼となる。周公旦の封地である魯を直接滅ぼしたのは、これは皮肉ではないだろう、楚であった。

周公旦が世のすべての事の解決手段に成り得るものと考え、編成に苦心し全力を注いだ周の礼も、周の衰微と同じ歩を踏んで、少しずつ忘失変形しようとしていた。ざっと五百年後に魯に孔子が現れて周公旦の礼の信奉者となり、その礼の復活を目指したが、春秋末期の状況ではもはやそれも手遅れであったようだ。孔子は全力をあげて礼を保存しようと努力し、後に至聖と称されるようになった。

八

周の天下は凪の海のように落ち着いていた。まずは安泰である。

周公旦の一大冒険ともいうべき亡命事件のおかげで、荊楚も以前ほど謎の国ではなくなった。国交可能の国となりつつある。

成王に請われて戻った周公旦ではあったが、成王との仲がよかったのは束の間であった。周公旦が帰還したら帰還したですぐまた確執が生じた。成王が佞臣に操られるようなことはなくなったが、周公旦を疎ましく思う気持ちは常にあった。

周公旦は、

(やはり、建国の元勲が近くにいるのはよくないのだ)

と改めて思った。太公望呂尚や召公奭のように離れて居るべきであると思うのである。

周公旦は察してなるべく成王から離れることにした。成周と称されることになる雒邑に居住し中原から東方にかけての政務を執った。成王のいる鎬京は宗周と呼ばれ、おもに西方と北方の政務をとる形が自然と出来上がっていた。数年間は成周と宗周とあたかも二つの政府があるような観があった。

周公旦は物事を決裁するときは必ず成王に知らせて許諾を得、僭越をせぬようにしていたが、成王には諸侯がなんとなく成周を重く見ているように思われ、これも成王は面白くなかったのである。

(兄上があぁも早く薨《みまか》ることがなければ、わたしとて都を離れ、魯地にいるはずだった。成周など必要はなかったろうに)

武王の早すぎる死により、周公旦は幼い成王を後見して、政権を執らねばならなくなった。決して自ら望んだことではない。

だがあの時周公旦が摂政の任を務めなければ、今の周は確実に存在していないはずだ。太公望呂尚が取ったか、召公奭が取ったか、また武庚禄父や三監が取ったか、いずれにしろ天下は成王の手にはなかったろう。

天下。殷はその権を手放したが、拾ったのが周でよかったのか。

「酒誥《しゅこう》」などの文章をつくり、

「殷人は酒を飲み過ぎて滅びた」

とか、大いに誹《そし》ったりした周公旦であったが、これは一種の意地であった。

（兄上がいませば）

は、せんない愚痴であり、周公旦も老年であり、気が弱くなっていた。

凪の海でも波が皆無というわけではない。天下に問題無しとはとうてい言えない。楚は臣従の構えを見せているが、呉、越の地方は、なお不安定である。北境、西境では戎《じゅう》狄《てき》がしばしば民衆を脅かす。だがそれに手を打つのは成王でなければならないのである。周公旦がやってしまえばしめしがつかなくなる。それに周公旦にはもう出しゃばるつもりも気力もなかった。

魯公伯禽が鎬京に上京した帰途、雒邑に立ち寄った。

以前、周公旦は伯禽が自分に代わり正式に魯公となったとき、

「わたしは文王の子、武王の弟、今上《きんじょう》（成王）の叔父である。天下において決して卑賤の者ではない。そのわたしでも常に礼を思い、よき人士を求めている。洗髪する間、人が尋ねてくれれば、三たび洗うのをやめて髪を絞り、会うようにしている。食事中にも人が尋ねて来れば、三たび口中の食事を吐き出し、席を立って、礼儀を正して面会するようにしているほどなのだ。ひとえに天下の賢人を失うことを恐れるからである。伯禽よ、お前は魯に赴いたら領主であるからと人に驕ることなく慎むがよい」

と言い聞かせていた。

周公旦は伯禽に現在の魯の様子を尋ねた。状況を聞いて国作りがいささか遅れていると思い、それを指摘した。伯禽は、

「父上の言に遵《したが》い、民の風俗を革《あらた》め、礼を革め、服喪を三年としたので、遅くなったのでしょう」

と答えた。三監の乱のとき、乗じて徐夷の部族も決起して、魯周辺を脅かしたことがある。周公旦と伯禽は自ら軍を率いてこれを肸山《きっさん》に伐ち、鎮圧せねばならなかった。それを差し引いても遅いと思われた。

これより以前に太公望呂尚と会見した折りに同じく斉の国情を尋ねたことがある。斉は萊人その他、土着勢力の患を除いた後は、目を見張るほどの発展を遂げていた。

「師尚父の国をつくるや、どうしてそのように疾《はや》いのか?」

と尋くと呂尚は、

「土地には土地の風がありますな。領主たる者、これを無視してはならぬということです。よって君臣の礼を簡略にして、民の風俗にしたがって政令をさだめました。早く整ったのはその故ですかな」

と答えた。呂尚は若年より天下を巡り、苦労を重ね、人民の性質を知り尽くしている。

さらに呂尚は知謀傑出しており、経営者としても凄腕であった。斉の急成長は不思議な

ことではなかった。

周公旦は呂尚の早業と息子の遅遅とした政策を比べて歎いて云った。

『嗚呼、魯は、後世それ北面して斉に事《つか》えん』

魯は将来、斉に圧倒され臣下のようになるであろう。そう周公旦は予言した。そして伯禽に忠告した。

「新しく封地に赴任したときには、政治は簡易にすべきものなのだ。中央の制度をただ押しつけるだけでは、民は親しまない。簡易にして民が領主に親近感を持つようになれば、必ず悦《よろこ》んで服するものなのだ」

中央のやり方を導入するのはそれからでも遅くはない。

呂尚は東海の魚塩《ぎょえん》の利をもって、斉を経済大国に仕立て上げるつもりであった。伯禽にはそのような才覚はなかった。地道に農本国家を立てようとしている。

（やむをえぬというか、それでよいのかも知れない。わが一族は后稷《こうしょく》の末裔なのだ。地のみのりにより生きることがふさわしい）

と周公旦は自ら慰めた。

また伯禽は息子に呂尚から婚姻を申し込まれて、それを受けた旨も報告した。呂尚は政略において先手先手と布石を打っている。魯斉の婚姻関係もその一つであった。

「めでたいことだ。古えよりわが姫姓と姜姓は交《こもご》も通婚してきた歴史がある」

と周公旦は言い、伯禽を安心させた。

（師尚父に伯禽が政略において競うということが、どだい無理なはなしなのだ）

周公旦は魯公ではない。先のことは伯禽とその子孫に任せるより他なかった。

周は成王以降の数代が黄金期であるとされる。周王家は最盛期を謳歌する。成人した成王は決して無能凡庸の君主ではなかった。反感を持ったにしろ周公旦、召公奭の薫育のよろしきを得て、守成の難きを乗り越えることができたのである。

周公旦は周の官制を万全に記した「周官」を完成させた後、雒邑を離れ、政務からほぼ完全に身をひいた。豊邑の自宅にこもり、最後の仕事である「周礼」礼制の書を記述しおく作業に没頭するためである。成王はようやくただ一人の王たることに安んじることが出来て、喜んだろう。

豊邑は鎬京とともに周初の首都的な邑であったから、成王は時々豊邑に駐留した。周公旦の邸を訪れることもあった。そのたびに周公旦の白髪が増え、老いさらばえるのを見て、心境は複雑であった。周公旦が今後、成王から政治を取り上げることはもうない。しかし、成王に周公旦ほど礼を教える者も、政治を相談出来る者ももういない。王の孤独、一時は周公旦の孤独でもあったが、それを知った。二十に近い若さと活力にあふれた成王は、もはや周公旦に対して敵愾心《てきがいしん》を抱くことはなかった。

「叔父上、たまにはわが家に遊びに参れ」

と、寂しそうに言って去った。

周公旦の引退後、その子孫はさすがに〝周公〟の号を名乗ることは避けて、明公と称して聖職者のように朝廷に仕えることになった。周公は周公旦一代限りの称号となる。

周公旦は豊邑で病床に着き、間もなく卒した。歿年不明、享年不明である。その遺言は、

「必ずわが屍《しかばね》は成周に葬ってもらいたい。わたしが敢えて今上を離れないということを、天下に明示してもらいたいのだ」

ということであった。だが周公旦の遺言は守られることはなかった。成王の命により畢《ひつ》の地に葬られることに決まった。畢は文王の墳墓のある地である。

成王はこの時、明らかに悲しんでおり、自ら遜《へりくだ》ることこの上なかった。

「叔父上には予などより文王のお供をしていただきたい。予は物心もつかぬうちに王となり、どうしようもない未熟者であった。その未熟な予が、敢えて叔父上を臣下としなかったことを天下に明らかにしたいのだ」

盛大な喪礼がなされ、周公旦の亡骸《なきがら》は畢に葬られた。

周公旦の没後まだ逸話がある。

周公旦が死んだ年の秋、暴風雨があり、禾はことごとく倒れ、大木はことごとく抜け、周は大恐慌に陥った。太公望呂尚、召公奭を始めとする諸侯らは緊急に上京した。

成王は占卜を執り行う用意をして礼服をまとい、太史とともにこのような異変の時の為すべき礼を知ろうと府庫を捜した。周公旦が必ず書き残しているに違いない。府庫の一番奥に埃をかぶった金縢《きんとう》が見つかった。開いて見ると周公旦が武王の病を平癒させたときの祈禱文と占卜の書が入っていた。周公旦はこの箱のことを堅く口止めしていたから、太公望呂尚、召公奭ですらその存在を知らなかった。史官執事を問い詰めると何人かが知っていた。

「故周公はわれわれに他言無用ときつく言い渡されました。故周公が武王に祈ったことは、その書の通りでございます」

と答えた。

成王は祈禱文を読み、その苦衷と誠意を察し、やむをえず隠さねばならなかった理由を知った。成王は書を持ったまま泣いた。

「こたびの天変にあらためて亀卜を行う必要はない。凶事ではないのだ。むかし叔父上は王室の為に身を投げ出して勤労されたのだ。予は幼少に過ぎ、その詳しい事情を知ることが出来なかったが、今、天は天変を起こすことにより、叔父上の徳を顕彰しているのである。予は慎んで叔父上の霊をお迎えせねばならない。わが国は礼をもってこの宜しきを得ん」

成王は天変地異の理由を何故かそう解釈した。そして成王は郊祀して周公旦の鬼神を迎え、天を祭った。

すると不思議なことに天は暴風雨をやめて静かになった。倒れ伏していた作物はことごとく起きて生気に満ちた。呂尚と召公奭に命じて倒れた木々を起こして、地に根付かせる工事を行い、もとのようにした。そしてこの年は凶作どころか、大豊作となった。

成王は魯公伯禽に、天子のみが執行出来る礼である郊祀を行うことを命じ、魯に文王を祭ることを許した。魯国に天子の礼楽が遺ることになったのは、成王が周公旦の徳を褒賞したからであった。

周の権威が地に墜ち、天下の権が有力諸侯の持ち回りのようになった春秋末期の頃、魯に孔子があらわれた。孔子は周公旦を尊ぶことこの上なく、万能の聖人の如く敬い持ち上げた。魯は、周公旦がこの地に来ることはなかったにしろ、周公旦の国であり、天子の礼が許されていたこともある。周公旦が後世に至徳の君子、春秋期最高の政治家と伝えられたのは、孔子系の儒者が偏重宣伝したことも与《あずか》っている。

孔子は自身も周公旦のようになりたいと夢にまで見て志したが、周公旦の為したことをどの程度知り、どのように理解していたのであろうか。その点はなかなか分かり辛いところがある。

「論語」で周公旦の名が語られるのは意外にもたった四回に過ぎず、その内容には具体

性が欠けている。そのうち周公旦についてよく語ったものでさえ、

『子曰く、「如し周公の才の美有りとも、驕《おご》り且つ吝《やぶさ》かならしめば、其の余は観るに足らざるのみ」と』

のような一節しかない。

「もしも周公のような完璧な才能があったとしても、傲ったり、出し惜しみするようなら、その他の美点も見る価値のないものとなろう」

「論語」では、とにかく周公旦は完全無欠の模範的人物としてしか語られず、その人物理解に踏み込んだものはないのである。「論語」には人物の批判、評論が少なくないが、孔子にとっては周公旦は人物評論の俎上にあげることすら非礼であったのだろうか。

周公旦の前半生、殷周の宿命的な戦争の間、周公旦の名はほとんど表に現れることがない。浮上するのは武王の死後である。

周公旦の後半生は崩壊の危機が濃厚であった周王室を支え、成王を輔翼して国家の基盤を磐石にしようとした、そのことに尽きる。文王、武王のやり残したことを遂行せねばならぬ立場に置かれたわけだが、その意味では周公旦は文武に次ぐ三代目の周王であったと言って差し支えない。

礼楽を立てることはその最重要の方策の一つである。礼を成すことによって各地各諸侯を交通するに共通文化の如きものを在らしめ円滑化をはかるという、結果的に見事な

政略ともなった。苦心惨憺の生涯であったと言える。最高権力者の喜悦などどこにもなかったろう。

「鴟鴞《しきょう》」にうたわれる。

天の未だ陰雨《いんう》せざるに迨《およ》んで
彼の桑土《そうど》を徹《と》り
牖戸《ゆうこ》を綢繆《ちゅうびゅう》す
今女《なんじ》　下民
敢えて予を侮ること或《あ》らんや

〈天が雨ふらさぬうちに
桑の根皮をとり
窓や戸をかためよう
おまえたち、人間どもよ
もうわたしを侮れまい〉

周公旦は身を削りこれを為したのである。

主要参考文献

「詩経国風・書経」世界古典文学全集　筑摩書房
「論語」　鑑賞中国の古典　角川書店
「書経」　新釈漢文大系　明治書院
「楚辞」　新釈漢文大系　明治書院
「礼記」　新釈漢文大系　明治書院
「詩経・楚辞」　中国古典文学大系　平凡社
「史記會注考證」　瀧川亀太郎　洪氏出版社
「史記」　中国古典文学大系　平凡社
「詩経国風」　白川静　平凡社
「詩経雅頌」　白川静　平凡社
「甲骨文の世界」　白川静　平凡社
「金文の世界」　白川静　平凡社
「中国の神話」　白川静　中央公論社
「中国の歴史」　陳舜臣　講談社

解説

末國善己

『周公旦』は、歴史小説なのだろうか、それともファンタジーなのだろうか。

周公旦は、作中で述べられている通り「かの孔子が夢にその姿を見るほどに私淑していた」とされている「中国史上屈指の聖人」である。ただ現在では、『封神演義』に登場する文官のイメージの方が人口に膾炙《かいしゃ》しているかもしれない。『西遊記』や『水滸伝』などと並び、中国伝奇小説の傑作とされながらも、日本での紹介が遅れたため、ややマイナーな存在だった『封神演義』も、藤崎竜のコミックなどでブームを巻き起こしたため、すっかり有名になってしまった。それだけに、周の文王(後に武王が父の遺志を継承する)と姜子牙(太公望呂尚)が、妖狐の化身・妲己《だっき》によって暴君に変じた殷の紂王の打倒(殷周革命)を目指し、それに仙人や道士が絡んで一大バトルを繰り広げる物語を、今さら詳しく説明する必要はないだろう。

この破天荒な物語の中にあって、周公旦(姫旦)は決して派手な動きをする人物ではない。それは、兄の武王を守って退却戦を行なうなど戦場での活躍もあることはあるが、もっぱら周の文官、祭祀係として登場することが多いからだ。そのため『封神演義』での周公旦の見せ場は、殷からの討伐軍を撃退した姜子牙が、殷の首都を目指して進軍する時の祝文を読み上げる場面や、殷滅亡後に祭壇を作り祝文を読み上げる場面くらいではないだろうか。

『周公旦』は、周の武王の時代、ちょうど周が殷へ反攻を開始する頃から始まる。それだけに、太公望呂尚の出陣に際し、周公旦が起草した「太誓」と「牧誓」を武王が読み上げる場面など、『封神演義』と重なるエピソードも少なくない。だが『周公旦』には、『封神演義』のように仙人や妖魔が出てきて物語を引っかき回すこともなければ、妖術や仙器が登場することもない。その意味では、正統的な歴史小説と見ることも可能なのである。

だが、ことはそれほど簡単ではない。もう一度、呂尚が出陣する時に、周公旦が作成した「太誓」を武王が読み上げる場面に目を向けてみたい。

武王が読む「太誓」は、現在のように形式化された檄文《げきぶん》ではない。周は殷に臣下の礼を取っているので、この戦いには主君を殺すというネガティブな側面がある。だが「周公旦起草のこの文章には、一同から主殺しという後ろ暗さを取り除く心理的魔術的効果」があり、しかも部族の寄り合い所帯であるだけに、言語や習俗が違うはずなのに「意味を補って余りある力のある音が組み合わせてある」ため、「呪」の効果には変わりがないとされているのだ。

こうした周公旦の能力は「言霊《ことだま》や文字を使用する呪術」であり、「周公旦が多くの人に恐れられ敬われ重きを置かれたのは、一つには文章を始めとする呪術能力の故」と説明される。つまり『周公旦』は、周の武王を補佐した政治家としての周公旦を描いているだけでなく、(古代中国では政治と不可分の関係にあった)呪術者としての周公旦をクローズアップしているのだ。しかも作中で描かれる呪術は、象徴や寓話としてではなく、実際に(物理的、心理的な)効果を現し得るものとして描かれている。もちろん仙術を気軽に使う『封神演義』の仙人たちとはレベルは異なるが、『周公旦』は超自然現象をごく普通の出来事として描いている意味で、ファンタジー的な側面を持ちあわせているのである。

考えてみると、酒見賢一は不思議な作家である。酒見賢一が、『後宮小説』('89)で第一回日本ファンタジーノベル大賞を受賞し、デビューしたことは、あまりにも有名であろう。ただ『後宮小説』は、中国と中東の文化が混交したかのような架空の王国を舞台にしているが、魔法や呪術といった超自然現象は一切でてこない。作中で作られた歴史と、李自成の反乱など明末清初の歴史的事実を重ね合わせ、虚構と現実を自在に操作する伝奇的手法を前面に押し出し、作品を構築した意味でのファンタジー小説だったのである。

デビュー作には著者の思想が体現されている、といわれることもある。こうした主張に妥当性があるかは議論が分かれるだろうが、酒見賢一に関していえば、まさに的を射ているといえよう。例えば、孔子の最愛の弟子・顔回を主人公にした『陋巷に在り』全13巻（'92〜'02）では、孔子の政敵・少正卯と弟子たちが、孔子一門に仕掛ける壮絶な呪術戦（というよりもサイキック・ウォーズと表現した方が妥当かもしれない）が物語を牽引していく一方で、歴史的な事実については、まったく改変がなされていない。ファンタジックな物語でありながら、歴史小説としての骨子も持ちあわせている意味で、『陋巷に在り』は『後宮小説』の方法論を敷衍《ふえん》した作品といえるのである。

このように考えると、歴史小説とファンタジーの要素が相互補完的に作品を構築している『周公旦』は、まさに酒見賢一の世界が体現された作品と見ることが可能なのである。

現代的な小説やジャンルの概念からいうと、酒見賢一が生み出した方法には独特なものがある。だが小説の歴史を振り返ってみると、それほど特殊なものでないことも分かってくる。

日本における近代的な小説は、坪内逍遙『小説神髄』（1885〜86）と、逍遙の理論に触発されて書かれた数多くの小説を嚆矢《こうし》とすることに異論はないだろう。逍遙は「『八犬伝』中の八士の如きは、仁義八行の化物にて、決して人間とはいひ難かり。（略）

されば勧懲を主眼として『八犬伝』を評するときには、東西古今に其類なき好稗史なりといふべけれど、他の人情を主脳として此物語を論《あげつら》ひなば、瑕なき玉とは称へがたし」として、江戸のエンターテインメントである戯作、稗史を斬り捨てた。その上で、新しい時代の小説の拠って立つところを「小説の旨とする所は専ら人情世態にあり」に集約してしまったのだ。

逍遙自身は、子供の頃から戯作の世界に親しんでいたので、新時代に相応しい小説概念を提示するためとはいえ、滝沢馬琴『南総里見八犬伝』を始めとする戯作を旧時代の遺物と断じたのは、まさに「泣いて馬謖《ばしょく》を斬る」状態であったろう。だが逍遙の影響力は計り知れず、日本の近代小説の系譜は、『小説神髄』の精神と方法論に沿って発達してしまうのである。

しかし、逍遙が『小説神髄』で西洋の文芸概念であるNovelの訳語として「小説」という言葉を用いたのは皮肉でもある。なぜならば、中国文学における「小説」は、散文体で稗史や巷説を描いた作品を指す言葉だからだ。芥川龍之介「杜子春」（'20）や中島敦『山月記』『名人伝』（共に'42）などを思い浮かべると、中国的な「小説」観が了解できよう。本来「小説」とは、逍遙が提示した「人情世態」の写実とは対極にある概念だったのである。

金文京は「小説」（興膳宏編『中国文学を学ぶ人のために』所収、'91）の中で、中国における小説の歴史を次のように説明している。

> ヨーロッパでは、神話から英雄叙事詩を経て小説へという文学史的流れを見ることが可能であるが、中国には、少なくとも表面上そのような流れは存在しないといえる。しかし多くの変更をこうむりながらも、神話や伝説は、後世の文学になお深い影響を及ぼしている。たとえば『史記』が他の史書に比べて格段に面白く、文学的なのは、司馬遷がその稀有な歴史感覚によって、神話、伝説性の色濃い当時の口承資料を記述に取り入れたことに、一つの原因があったであろう。それは『三国志演義』など、後のいわゆる講史小説の源流をなすものであった。

　中国歴史書の正典《カノン》ともいえる『史記』が、既に神話・伝説の要素を含み、日本でも圧倒的な人気を誇る『三国志演義』の源流になったということは、中国文学における「小説」の系譜が、歴史記述とファンタジーを融合する方向にあったといっても過言ではないだろう。おそらく、このような「小説」概念は、西洋の文学史にも、近代日本の小説にも見られない。寡聞にして現代の中国文学について詳しくないが、金庸や古龍といった武侠小説作家の作品を読むと、中国文学的な意味での「小説」が、確実に伝統を受け継いでいることがうかがえる。

　日本でも、滝沢馬琴や山東京伝といった江戸の戯作者たちは、（特に読本、合巻などの長編伝奇小説によって）中国から直輸入の「小説」概念を受け継いでいたはずである。

だが、この伝統は逍遙の『小説神髄』の影響力によって一度、途切れることになる。

酒見賢一は、『周公旦』の中で「神話伝説には必ずなにがしかの事実が含まれている。それは精神にとっての事実であることもあり、歴史にとっての事実であることもある」と書く。その実例として、姜原《きょうげん》が野原で巨人の足跡を発見した後に妊娠したことが周の起源になったという神話を取り上げ、「巨人の足跡とは素晴らしい男」で「野に逢瀬を重ねた」という事実が、象徴的に読み替えられて超自然的な伝承に結びついたとしている。ここには神話を近代的な合理精神で分析するという視線がある。ただ忘れてはならないのは、伝説を妄言と斬り捨ててはいないことである。それどころか、その神話を一族が伝承として伝えた意味を考えようとしているのだ。

酒見賢一は、「神話伝説」を「史実と象徴が混在した叙事詩」としているが、この一文は、自身の「小説」世界を体現しているようにも思える。ここには近代的なロジックや科学を使いながら、「小説」を前近代的でプリミティブなパワーに直結しようとする、逆説的な面白さがある。

酒見賢一が、逍遙以前の「小説」概念に基づいて、作品を書いていることは間違いあるまい。だが、それは単なる復古趣味ではない。それよりも、最先端の歴史学の成果を踏まえていたら、古いが新しい「小説」に行き着いたといった観が強い。さらに、ここには作家の想像力をめぐる問題も強く関係している。

『周公旦』では、周公旦が使う「礼（禮）」を「古代中国の宗教から社会規範、及び社会システムにまで及ぶ巨大な取り決めの大系」と説明している。「礼」は、後の儒教によって「仁義礼智忠信孝悌」といった「徳目」の一つにされていくが、本書の「礼」は、もっと原初的なパワーを秘めたダイナミックな〈モノ〉とされているのだ。

それだけに、作中に登場する「礼」を基盤とした魅惑的な呪術は、確実に効果を現す一種の〈技術〉として、圧倒的な実在感を示している。これは、周公旦の生きていた時代の必然として呪術を位置づけることで、呪術が効果を現すプロセスを論理的に解説していくからにほかならない。呪術などの超自然現象を、理路整然と説明するのも、酒見賢一の「小説」の特徴の一つだが、ここには現在のように迷信と科学、呪術と政治が分離されていない時代の文化、伝統を思い浮かべることのできる計り知れないイマジネーションが存在している。

呪術と科学が不即不離に結び付いていた時代というと、古代中国や日本では安倍晴明が活躍していた平安時代などを思い浮かべるかもしれないが、実はそれほど昔のことでもない。

鈴木光司の『リング』（'91）の山村貞子は、世界的なヒロインになってしまったが、貞子の母であり、かつて超能力者として千里眼の実験を行なうも、それがイカサマだったとして世間の非難を浴びることになる志津子には、モデルが存在する。それが福来友吉のもとで千里眼の実験をした御船千鶴子である。明治末、この千鶴子以上に注目を集めた超能力者が長尾郁子である。郁子の超能力に関する実験は、当初、福来ら心理学、哲学といった文系の人間の手で行なわれていたが、そこに物理学者・山川健次郎が参加する。山川は東京帝国大学総長、九州帝国大学総長を歴任した日本物理学界の重鎮である。山川が郁子の超能力実験に参加したのは、レントゲンのX線の発見（1895）、ベクレルの放射能の発見（1896）で火が付いた、〈未知の光線〉に対する世界規模の発見競争が背景にあったという。しかし郁子の超能力実験は、成功とも失敗ともつかないまま終結を迎え、一連の千里眼ブームは、一九一一年に千鶴子が自殺、郁子が病死することで終結する。

この事件以降、日本の物理学界が千里眼のような、いかがわしいモノに手を出すことはなくなり、物理学を始めとする自然科学は専門の学問体系として確立、細分化していくことになる。ここから、少なくとも明治末までは、科学と迷信は、それほど明確に区別されていなかったことが分かる。その意味で、ニュートンが錬金術を研究していたことも、コナン・ドイルが現在の目から見れば明らかにトリックと分かる妖精の写真を本物と信じたことも、奇異なことではない。泉鏡花は、言霊を信じるあまり、包装紙に書かれた文字を切り取ってまで大切に保管していたのだから。

ほんの一世紀前の文化や伝統すら忘れ去られている近代合理主義社会の中にあって、

酒見賢一は常に合理と不合理の接点に着目し続けている。『語り手の事情』（'98）が、西欧近代社会における合理／不合理の関係を描いていたことは、改めて指摘するまでもないだろう。こうした想像力が、現在の価値観からすると合理／不合理が明確に分離されていない古代中国の社会を〈リアル〉に浮かび上がらせ、歴史とファンタジーを融合するという離れ業を行なわせたと見ることも可能なのである。

『周公旦』は、エンターテインメントを主眼とする「小説」の伝統に根差しているが、それを読むのは、当然ながら現代の読者である。それだけに、現代的なメッセージも随所に込められている。

山岡荘八『徳川家康』（'58～'68）の昔から、歴史小説は、経済の指南書として読まれることが多かった。『周公旦』の「偉大な父を持った息子はまことに苦労したのである。どのような組織でも二代目というものは意地悪な目で見られるものだ。武王は自分が文王の命を確かに受け継いでおり、文王に匹敵するかそれ以上の器であることを証明する努力を怠ることなく続けねばならなかった」などは、まさに経済書にアフォリズムとして出てきそうな言葉である。ここからは、本書が伝統的な歴史小説のパターンを（多分にパロディの要素を含んでいるが）受け継いでいることも分かるだろう。

だが、ここで問題にしたいのは、こうした皮相な部分ではない。

『周公旦』は、前半を周公旦と太公望呂尚（『封神演義』の姜子牙と違い、本書に登場する呂尚は、老いてなお謀略と野心を巡らす生臭い人物である)の政治的な駆け引きに当てているが、後半は実質的に政争に敗れた周公旦が、中原に住む人間にとっては、南方の蛮族が住む楚に亡命するという、秘境冒険小説を思わせる展開になっていく。

楚国に赴いた周公旦は、この地の「礼」に接し「われらは魂魄を静めるように鎮めるように礼を行う。南人は、燃え立たせるように、復活させるように礼を行う」と、彼我の「礼」の違いを認識するものの「楚の祭祀に対して決して嫌悪を感じたりしなかった」とされる。そして「楚の祭祀」から、周の「祭祀」のあるべきすがたを思い浮かべる。

ここには異文化を理解し、異文化を通して自らを変えようとする柔軟な姿勢がある。さらに物語のラストには、「中国史上、単一の民族がこの大陸の政権を持ち続けたことは一度とてない」が、「礼あるによって通行国交は可能となる」という一文までもあるのだ。

現在、理想的な多文化主義は、強国による一国支配によって葬り去られようとしている。他者の価値観を尊重し、異文化と接することで自らの価値体系を省みるという謙虚さが失なわれつつある時代だからこそ、周公旦が追い求めた形骸化される以前の「礼」の姿は、現代の問題として〈リアル〉に立ち現れることも、忘れてはならないだろう。

（文芸評論家）

＊本作品の中には、今日からすると差別的表現ないしは差別的表現ととられかねない箇所があります。しかしそれは、古代中国における風習、慣行にもとづく歴史的事実の記述、表現であり、作者に差別を再生産し、また差別を助長する意図は全くありません。読者諸賢の御理解をお願い致します。

〈編集部〉

初出誌　「オール讀物」平成十一年六月号
単行本　一九九九年十一月　文藝春秋刊

文春文庫

周《しゅう》公《こう》旦《たん》

定価はカバーに
表示してあります

2003年4月10日　第1刷

著　者　酒《さけ》見《み》賢《けん》一《いち》

発行者　白川浩司

発行所　株式会社　文藝春秋

東京都千代田区紀尾井町 3-23　〒102-8008
TEL　03・3265・1211
文藝春秋ホームページ　http://www.bunshun.co.jp
文春ウェブ文庫　http://www.bunshunplaza.com

落丁、乱丁本は、お手数ですが小社営業部宛お送り下さい。送料小社負担でお取替致します。

印刷・凸版印刷　製本・加藤製本　Printed in Japan

ISBN4-16-765656-6

文春文庫

歴史小説セレクション

（　）内は解説者

黒岩重吾
落日の王子 蘇我入鹿（上下）
政治的支配者・皇帝と、祭祀の支配者・大王の権威を併せもつ地位への野望に燃える蘇我入鹿が、大化の改新のクーデターに敗れ去るまでを克明に活写する著者会心の大作。（尾崎秀樹）
く-1-19

黒岩重吾
弓削道鏡（上下）
政争うずまく天平の世、孝謙女帝の看病禅師となって以後、太政大臣禅師、法王と比類のない昇進をとげた道鏡。そしてついには宇沙八幡から皇位に即けよとの神託が届いた。（倉本四郎）
く-1-30

黒岩重吾
鬼道《きどう》の女王 卑弥呼（上下）
中国から帰還した倭人の首長の娘ヒミコは、神託を受け乱世の倭国の統一に乗り出した。「鬼道《きどう》に事《つか》え、能《よ》く衆《たみ》を惑わす」謎の女王の生涯を通して、古代史を鮮やかに描きだす。（清原康正）
く-1-33

堺屋太一
巨いなる企て（上下）
僅か二十万石の身でありながら、家康を敵として、〝天下分け目の合戦〟という日本史上最初のビッグ・プロジェクトを創造した石田三成の知謀を描く小説関ヶ原。（梶原一明）
さ-1-5

堺屋太一
峠の群像（全四冊）
関ヶ原から百年、貨幣経済の浸透で時代は転機を迎えていた。勃興する商人、苦悩する武士と農民——その中で事件は起こった。初めて経済的観点からとらえた新「忠臣蔵」。（佐藤雅美）
さ-1-7

堺屋太一
豊臣秀長（上下）
ある補佐役の生涯
豊臣秀吉の弟秀長は常に脇役に徹したまれにみる有能な補佐役であった。激動の戦国時代にあって天下人にのし上がる秀吉を支えた男の生涯を描いた異色の歴史長篇。（小林陽太郎）
さ-1-14

（　）内は解説者

堺屋太一
秀吉　夢を超えた男（全四冊）
有力大名が群雄割拠した戦国時代。サルと呼ばれた少年が抱いたとてつもなく大きな夢。「組織」をキーワードに、秀吉の戦国五十年を日本の戦後五十年に重ねた堺屋版「新・太閤記」。
さ-1-16

佐木隆三
伊藤博文と安重根
明治四十二年、枢密院議長の公爵伊藤博文はハルビン駅頭で射殺された。加害者は韓国の安重根。伊藤博文と安重根の出会いまでを克明に追い、事件の真相を追及した力作。（川西政明）
さ-4-13

佐木隆三
司法卿　江藤新平
明治七年、初代司法卿の江藤新平は「佐賀の乱」の首魁として佐賀裁判所で死刑判決を受け、即日、斬首された。彼はなぜ栄光の座を捨てて下野したのか。その真相を描く。（古川薫）
さ-4-14

佐藤雅美
官僚川路聖謨《かわじとしあきら》の生涯
幕末——時代はこの男を必要とした。御家人の養子という底辺から勘定奉行にまで昇りつめ、幕末外交史上に燦然とその名を残した男の厳しい自律と波瀾の人生を描いた渾身の歴史長篇。
さ-28-2

佐藤雅美
幽斎玄旨
肥後の大大名細川家の基礎を築き、「神道歌道の国師」とも称された幽斎。第十三代将軍義輝の異母兄であり、足利幕府に仕えたのちも、信長、秀吉、家康に仕えた武将の姿を描く。
さ-28-4

白石一郎
天翔《あまか》ける女《ひと》
長崎の油問屋の娘として生まれ、幕末に女ひとり上海へ密航、やがて日本茶の輸出に成功した、日本で最初の女貿易商大浦慶。維新の舞台裏に活躍した波瀾の生涯を描く。（磯貝勝太郎）
し-5-1

文春文庫　最新刊

世に棲む日日 新装版(三)(四)　司馬遼太郎
幕末、長州藩は突如、倒幕へと暴走した。その原点に立つ吉田松陰と弟子高杉晋作を描く

横浜慕情 御宿かわせみ27　平岩弓枝
外国船で賑わう横浜を訪れた東吾。美人局に身ぐるみはがれた英国船員のために一肌脱ぐ

さらば深川 髪結い伊三次捕物余話　宇江佐真理
お文に執着する伊勢屋忠兵衛。袖にされた意趣返しが事件を招き、お文の家は炎上した！

周公旦　酒見賢一
殷を滅ぼし、周王朝を全盛に導いた周公旦。孔子が夢にまで見た至高の聖人の生涯を活写

花を運ぶ妹　池澤夏樹
投獄された画家・哲郎。兄を救うためにカヲルはバリ島へ飛ぶが。毎日出版文化賞受賞作！

エンガッツィオ司令塔　筒井康隆
豚が飛ぶ、月笑う、ビル踊る、夜空にまわる大仏さん――エログロスカトロ抱腹絶倒小説

ミッドナイトイーグル　高嶋哲夫
米ステルス爆撃機が北アルプスに墜落。搭載物を巡って日・米・北朝鮮の死闘が始まった

フーコン戦記　古山高麗雄
インパール戦にならぶ全滅戦で片腕をうしない生還した下級兵士の静かに老いゆく日々

「御宿かわせみ」読本　平岩弓枝編
著者インタビューから役者たちの楽屋話、地図に人名録まで魅力満載、ファン必読の一冊

みんな夢の中 続マイ・ラスト・ソング　久世光彦
日本の母たちに歌い継がれてきた「朧月夜」「夏は来ぬ」――懐かしい歌への追憶を綴る

くじらの朝がえり　椎名誠
シリーズ十一冊目。椎名ファンには気になる「ヒトヅマゆうこと伊豆への旅」などを収録

私がアナウンサー　菊間《きくま》千乃《ゆきの》
生中継中にビルから転落、腰椎等を骨折という瀕死の重傷を負う。復帰までの感動の手記

淳之介さんのこと　宮城まり子
出会いからその死まで三十七年にわたり、いつも傍らにいた作家・吉行淳之介の姿を描く

決定版 百冊の時代小説　寺田博
林不忘から乙川優三郎まで、時とともに読み継がれてきた名作から話題作まで簡潔に解説

エレクトロボーイ 躁鬱病をぶっとばせ　アンディ・バーマン　浜野アキオ訳
絵画詐欺でお縄ちょうだいの挙句、電気ショック療法で回復するまでの躁鬱病奮闘闘病記

ガールズ・ポーカー・ナイト　ジル・A・デイヴィス　米山裕子訳
恋にも仕事にも貪欲なニューヨーカー仲良し女友達六人が、ポーカーしながら話すことは

アンネの日記（増補新訂版）　アンネ・フランク　深町眞理子訳
自分用と公開用の二種の日記に父親が削っていた部分を再現した完全版に五ページを追加